HEYNE BÜCHER

Kristiane Allert-Wybranietz

Wie finde ich den richtigen Verlag?

Originalausgabe

WILHELM HEYNE VERLAG
MÜNCHEN

HEYNE RATGEBER
08/9129

4. überarbeitete und aktualisierte Auflage

Printed in Germany 1994
Umschlaggestaltung: Atelier Ingrid Schütz, München
Satz: Kort Satz GmbH, München
Druck und Bindung: RMO München

ISBN 3-453-00383-7

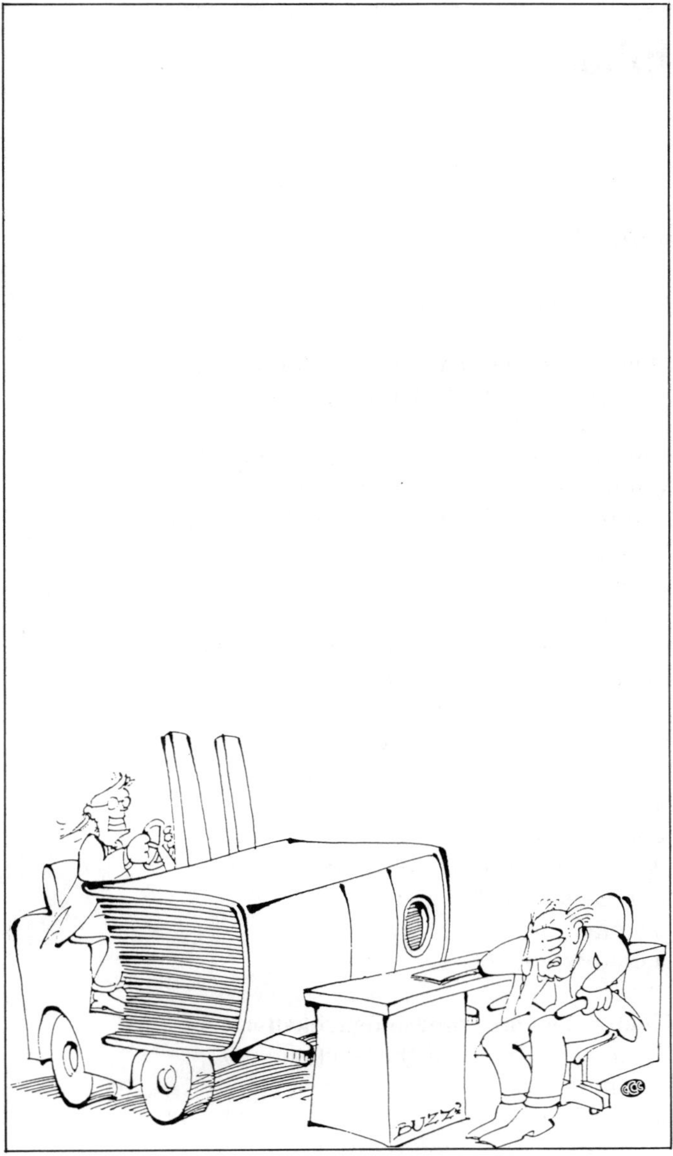
BUZZ

Inhalt

Vorwort

»Ich schreibe seit ca. fünf Jahren Gedichte und Texte. In diesen fünf Jahren war das mein allerliebstes Hobby. Früher wollte ich immer Schriftstellerin werden, doch da ich nur einen Hauptschulabschluß habe, konnte ich mir diesen Wunsch nicht erfüllen.«

»Heute möchte ich wenigstens meine Gedichte drucken lassen, um etwas nebenbei zu verdienen.

Ich schickte meine Gedichte an ca. zehn Verlage, doch leider bekam ich einige unbegründete Absagen und von drei Verlagen gar keine Antwort.«

»Können Sie mir nicht ein paar Tips geben, wie ich meine Gedichte veröffentlichen kann?

Anbei schicke ich Ihnen einige meiner Gedichte.«

»Ich habe auch schon an einen Verlag geschrieben – die Antwort war nur, daß sie keine Zeit hätten, Gedichte zu lesen. Tja, was soll ich tun? Einerseits möchte ich, daß meine Texte veröffentlicht werden, andererseits weiß ich nicht, wie ich es anstellen muß. Vielleicht können Sie mir helfen.«

»Seit Jahren schreibe auch ich Gedichte und wollte Sie fragen, ob Sie mir nicht weiterhelfen könnten, da ich versuchen möchte, einige Texte zu veröffentlichen.

Wenn Sie mir einige Adressen senden könnten, an die ich mich wenden kann, wäre ich dankbar.«

»Seit ungefähr einem Jahr versuche ich, einen Verlag zu entdecken, der bereit ist, meine Gedichte zu verlegen. Bislang wurde mein Rufen aber nicht erhört.«

»Sie als Profischreiberin kennen Sie sich sicher aus, und ich wäre Ihnen dankbar, wenn Sie mir einige Tips und Anregungen geben könnten, wie ich meine Texte bei einem Verlag unterbringen kann. Einige Texte anbei.«

»Als junge Autorin bin ich in einigen Dingen noch etwas unsicher und wende mich an Sie...«

...können Sie sich ein wenig in den vorgenannten Zitaten wiederfinden? Ja? Dann ist dieses Buch für Sie geschrieben.

Durch eine Fülle solcher Anfragen inspiriert, habe ich mich entschlossen, die für angehende Autoren, Poeten und Schriftsteller wichtigsten Bereiche übersichtlich und verständlich zu beleuchten.

Dabei hat sich eine Materialsammlung ergeben, die sicher auch diejenigen ansprechen und weitergehend informieren kann, die bereits im literarischen Feld aktiv sind.

Ich beschäftige mich seit über zehn Jahren mit dem Literaturbetrieb. Anfangs stand ich ihm recht hilflos gegenüber und hatte permanent das Gefühl, mangelhaft informiert zu sein oder einfach keinen Überblick zu finden.

Heute sehe ich, daß das nicht *nur* an mir lag. Ist doch die Literaturszene dermaßen vielschichtig, teilweise chaotisch und wenig koordiniert, daß es sehr schwer ist, sich umfassend zu orientieren.

Oftmals habe ich Fehler gemacht. Viele Fehler (und eine ganze Menge Frust) wären mir erspart geblieben, und vieles hätte mich nicht so verunsichern können, hätte ich mich neutral informieren können.

Eine solche Orientierungsmöglichkeit möchte ich hiermit Nachwuchsautoren anbieten.

Den Anspruch auf Vollständigkeit kann und möchte ich nicht erheben. Die literarische Szene ist ständig in Bewegung. Im positiven wie auch im negativen Sinne gilt hier: Was gestern nicht denkbar war, ist heute möglich – und umgekehrt. Ich wünsche mir und hoffe, daß Menschen, die mit ihren literarischen Arbeiten an die Öffentlichkeit wollen, in diesem Buch Anregungen für eine sinnvolle Arbeit finden.

Damit wir uns nicht mißverstehen.

Tips, Anregungen und Anleitungen zum schöpferischen Prozeß, also zum Schreiben selbst, suchen Sie in diesem Buch vergeblich. Wenn es auch auf dem amerikanischen Markt eine ganze Reihe von Büchern gibt, die Titel tragen wie ›Wie kann ich ein populärer Romancier werden‹ oder ›How to make money with writing poems‹, bin ich der Auffassung, daß Anleitungen zum Schreiben wenig fruchten.

Dieses Buch ist hauptsächlich eine ›Gebrauchsanweisung‹ für die *Publikation* von Gedichten, Kurztexten, Essays und Geschichten – aber auch für andere literarische Gattungen.

Keine Berücksichtigung finden allerdings die Bereiche Hörspiel, Drehbuch und Theater.

Apropos Gebrauchsanleitung. Dieses Buch und die darin enthaltenen Anregungen sollten Sie nicht benutzen wie ein Kochbuch, also streng nach Rezept. Es gibt einfach kein generelles Rezept, es gibt keinen ›sicheren‹ Weg, sondern es ist immer wichtig, daß Sie sich selbst einbringen, um in Ihrer Sache weiterzukommen.

In diesem Sinne darf ich Ihnen wünschen, daß Sie Inspiration und Mut bei der Lektüre der folgenden Seiten finden.

Kristiane Allert-Wybranietz

Nachsatz:

Um Beschwerden vorzubeugen, möchte ich erwähnen, daß ich mit *Autor, Schriftsteller* etc. immer auch *Autorinnen* und *Schriftstellerinnen* meine.

Im Text habe ich es bei der männlichen Form belassen, weil dieses ›man/frau‹ oder ›Autor(in)‹ für mich keinen Beitrag zur Emanzipation, sondern lediglich eine lästige Behinderung beim Lesen darstellt.

Vom Schreiben

Sie sind Jurastudent, Schüler, Hausfrau, Waldarbeiter, Postbote, Kulturredakteur, Kneipenpoet, Sozialarbeiter, Beamter, Chemielaborant... – kurzum sie kommen aus allen Berufsbereichen, aus allen Altersgruppen, und es verbindet sie vielleicht wenig. Eines jedoch haben sie gemeinsam – sie *schreiben.*

Sie schreiben Gedichte, Kurzgeschichten, Essays, Romane...

Auch ich schreibe. Schreiben ist für mich ein Mittel, ein Weg, Zwiesprache mit mir zu halten, Diskussion mit mir selbst zu führen. Schreiben ist etwas, das mir hilft zu leben. Ich schreibe mir Erkenntnisse, Klarheit, Erleichterung herbei. Ich lasse die Wut, die Enttäuschung, die Betroffenheit und die Hilflosigkeit auf das Papier knallen.

Ich komme nicht drumherum: Schreiben ist für mich – und da stehe ich nicht allein – *Lebenshilfe...* gewissermaßen Selbsthilfe.

Schreiben kann erbarmungslos, hemmungslos und auch sehr böse, es kann verständnisvoll, belustigend und ermutigend sein. Ebenso empfinde ich es als unmittelbar, als sehr intim, sehr vertraulich.

Schreiben ist ein Weg, Auseinandersetzungen zu erarbeiten.

Wichtig jedoch: Schreiben kann niemals ein Gespräch, eine persönliche Auseinandersetzung, ein Näherkommen ersetzen.

Sobald jemand versucht, sich Leben, Gemeinschaft und Miteinander nur zu *erschreiben,* ist er für mich in dem vielzitierten Elfenbeinturm gelandet und damit eingesperrt. Eingesperrtsein kann niemals Ziel sein. Das sind meine Gedanken, meine Deutungen vom Schreiben.

Ebenso gibt es Mitmenschen, die schreiben, weil sie Lust an der Sprache haben, Lust haben, mit Sprache, mit Worten zu experimentieren. Sie haben exakte Regeln oder auch gar keine... aber bei ihren Arbeiten zählt oftmals mehr das Handwerkliche.

Ich habe einige Menschen gefragt, warum sie schreiben. Lassen wir sie hier zu Wort kommen:

»Ich schreibe, weil ich ein glücklicherer Mensch bin, wenn ich an der Schreibmaschine sitze.

Ich schreibe, weil ich hoffe, etwas Wichtiges sagen zu können, und weil ich manchmal heimlich daran glaube, eine bessere Welt herbeischreiben zu können.«

»Motivation zum Schreiben:
die Sprachlosigkeit der Mitmenschen,
die Hilflosigkeit des einzelnen,
die Vereinsamung der Massen.
Das Kämpfen gegen Unzumutbarkeiten jeder Art.
Das Nichtgefallenlassen – dagegen anschreiben.«

»Um mich an die
ganz tief in mir
verborgene Wahrheit
heranzutasten,
male und schreibe ich.«

»Motivation: Probleme – Ängste – Freude, einfach aufschreiben müssen. Im Schreiben hole ich mir Stärke für das Leben.«

»Schreiben ist für mich eine Möglichkeit zur Auseinandersetzung mit dem, was mich wirklich bewegt. Ich schreibe, weil ich schreiben muß, weil mir sonst einige Brocken im Halse steckenbleiben würden...«

»Schreiben ist für mich ein Ventil... mit Schreiben kann ich das ausdrücken, was mich bewegt, und anderen dies auch genau mitteilen. Viele Briefe schicke ich nie ab, aber es befreit mich dennoch, mir das alles von der Seele zu schreiben, was ich sagen möchte.«

Möglichkeiten der Veröffentlichung

Was es grundsätzlich zu bedenken gibt

Wenn ich im folgenden auf verschiedene Möglichkeiten zu veröffentlichen hinweise, möchte ich weder falsche Hoffnungen wecken nach dem Motto ›Verfahren Sie nach diesem Buch – und schon bald sind Sie ein Starautor‹, noch möchte ich alle Hoffnungen zerstören.

Da das Business um die Ware Buch immer härter wird, scheint manchmal ein Stillstand bei literarischen Entdekkungen zu entstehen. Die Chancen, in die Verlage einzudringen – das muß man realistisch sagen –, sind gering. (Am einfachsten ist wohl noch immer der Einstieg über einen kleineren Verlag.)

Vor allem möchte ich auch um Kritikfähigkeit bei den Autoren gegenüber ihren eigenen Arbeiten bitten. Es ist ja nur zu verständlich, daß die Manuskriptflut, die auf Verleger und Lektoren herniederprasselt, nicht gerade geeignet ist, deren Interesse zu steigern.

Dies insbesondere nicht, wenn sich hierin Arbeiten finden, die eigentlich nicht veröffentlicht gehören, die eher sehr persönliche Aufzeichnungen sind (mit durchaus wichtiger Bedeutung für den Autor, aber eben nicht für die Öffentlichkeit).

Leider ist es aber so, daß die vorhin angesprochene Kritikfähigkeit oftmals sehr gering ist. In diesem Maße jedoch steigt die Eitelkeit.

Literaturagenturen

Bis Ende des 19. Jahrhunderts wurde die Geschichte der Literaturagenturen zurückverfolgt. Die erste entstand vermutlich in England. Heute gibt es in Deutschland circa 60 Agenturen... und ihre Zahl wächst. Das Aufgabengebiet und der Servicebereich der einzelnen literarischen Agenturen sind unterschiedlich. In der Hauptsache verrichten sie folgende Arbeiten:

- Vermittlung von Manuskripten oder auch einzelner Arbeiten an Verlage bzw. an die verschiedenen Medien
- Autorenberatung und -betreuung
- Vermittlung von Urheberrechten in allen Medienbereichen
- Auswertung von Nebenrechten
- Verhandlungen im Auftrag von Autoren
- Vermittlung von Lizenzen
- PR-Arbeit für Autoren und Verlage
- Lektorat (das jedoch eine Sonderstellung einnimmt)

Die Wirkungskreise sind sehr unterschiedlich; einige Agenturen arbeiten weltweit, andere sind auf den deutschen Bereich beschränkt.

Die Zusammenarbeit mit einer Agentur erscheint besonders dann sinnvoll, wenn Sie als Autor bereits einiges publiziert haben und sozusagen bereits ›im Geschäft‹ sind.

An diesem Punkt kann eine Agentur eigentlich erst richtig etwas für Sie tun. Durch den täglichen Umgang mit Verlagen und Medienmachern und das daraus folgende Beziehungskontingent kann eine Agentur Ihnen wertvolle Pressearbeit bieten und Ihnen auch einiges an organisatorischer Arbeit abnehmen. Das betrifft insbesondere das Verhandeln über Honorare sowie andere Vertragsangelegenheiten und das Aussondieren von Publikationsmöglichkeiten.

Alles wird bei einer korrekten Agentur in Absprache mit Ihnen und keineswegs über Ihren Kopf hinweg geschehen.

Einige Agenturen widmen ihre Arbeit hauptsächlich der Förderung von noch unbekannten Nachwuchsautoren. Hier sollen Manuskripte geprüft und nach Möglichkeit einem geeigneten Verlag angeboten und verkauft werden.

Gerade auch hier muß ich Sie wieder warnen: Prüfen Sie in sorgfältigen Vorgesprächen Ihre Agentur, bevor Sie sich vertraglich an sie binden.

Am sinnvollsten ist es, den Vertrag *vor* der Unterschrift z. B. von einem Anwalt oder mit Hilfe eines Autorenverbandes prüfen zu lassen.

Wie alles hat natürlich auch die Zusammenarbeit mit einer Agentur ihren Preis. In der Regel werden Erfolgshonorare von zehn bis 25 Prozent der Honorare, die Sie erhalten werden, verlangt.

Es gibt auch Agenturen, die über der 25-Prozent-Grenze liegen. Das erscheint mir jedoch als reichlich überhöht – schließlich möchten Sie ja noch etwas übrigbehalten.

Klären Sie also vorher deutlich die Preise. Ergibt ein Vermittlungsversuch Ihrer Agentur keinen Veröffentlichungserfolg, dann brauchen Sie in der Regel auch nichts zu bezahlen.

Natürlich bleibt es Ihnen überlassen, ob Sie mit oder ohne Agentur arbeiten möchten; nur sollten Sie nicht von vorneherein abwinken, sondern deren Angebote schon einmal prüfen.

Internationale Buchmesse in Frankfurt

Jedes Jahr in den ersten Oktoberwochen finden sich Verlage, Autoren, Buchhändler, Literaturagenten, Journalisten und andere der Literatur Verbundene in der Metropole am Main zur Buchmesse ein.

1993 präsentierte sich die größte Buchausstellung der Welt mit über 8000 Verlagen aus dem In- und Ausland. Allein die Bundesrepublik konnte in diesem Jahr mit ca. 67 000 *Neuerscheinungen* aufwarten.

Und was sollen *Sie* nun dort? Abgesehen einmal davon, daß ein Besuch der Messe wichtige Eindrücke – zwischen Inspiration und Bedrückung – vermitteln kann, ist die Buchmesse auch eine gute Gelegenheit, sich zu informieren, Kontakte zu knüpfen etc.

Natürlich bietet sich auch der Gedanke an, das eigene Manuskript dort anzubieten (und möglichst unterzubringen).

Mein Rat: Lassen Sie Ihr Manuskript ruhig zu Hause (vielleicht haben Sie eine Fotokopie dabei für Zufälle oder Wunder), denn auch hier gilt: Kein Verleger wartet an seinem Stand gerade auf *Ihr* Manuskript, um es im hektischen Messetreiben zu lesen.

Der sinnvollere Weg: Fragen Sie nach einem Lektor des Verlages, stellen Sie Ihr Manuskript mündlich kurz vor, und fragen Sie zunächst einmal, ob überhaupt daran Interesse besteht.

Gibt es ein ›Nein‹, dann bitte abhaken und zum nächsten Verlag; ist es hier ein ›Ja‹ oder etwas Ähnliches, dann lassen Sie sich die Karte des Herren oder der Dame geben, und sprechen Sie ab, daß Sie das Manuskript zusenden werden.

Auf diese Weise können Sie viel gezielter arbeiten.

Den jeweiligen genauen Termin der Buchmesse erfahren Sie aus der entsprechenden Presse oder von Ihrem Buchhändler.

Apropos Buchhändler: Viele fahren zur Messe. Fragen Sie doch mal nach einer Mitfahrgelegenheit, die sich sicherlich in manchen Fällen anbietet und die hilft, Kosten zu sparen.

Noch einmal sei aber besonders betont, daß es für unbekannte Autoren wohl kaum eine Möglichkeit gibt, hier einen Verlag zu finden.

In den letzten Jahren hat sich diese Buchmesse immer mehr zur Arbeitsmesse entwickelt, d. h. insbesondere werden Lizenzgeschäfte zwischen verschiedenen Verlagen abgewickelt. Ihre frühere Bedeutung als reine Order-(Bestell-)Messe für die Buchhändler hat diese Messe mit der Zunahme anderer Bestellmöglichkeiten (Vertreter, gute Vertriebssysteme) verloren.

Wenn Sie keinerlei Messeerfahrung haben, gibt es hier noch ein paar Tips, um den Rummel mit einigermaßen heilen Nerven durchzustehen.

- Informieren Sie sich vorher, welcher Verlag für Sie in Frage kommt.
- Auf der Messe können Sie im Messekatalog anhand des Ausstellerverzeichnisses ›Ihre‹ Verlage heraussuchen und gezielt durch die Hallen gehen. Sie können die Standnummer der Verlage, die Sie besuchen möchten, auch an den Infoständen im Messegelände feststellen – das spart Geld, kostet aber Zeit und Nerven, da diese Infozentren meist arg belagert sind.

- Unterschätzen Sie nicht, wie wichtig es ist, sich vorher zu orientieren, da Sie sonst sicher nicht klarkommen. Es sind in der Regel ca. 8000 ausstellende Verlage vertreten, davon ca. 75% aus dem Ausland.
- Planen Sie wenigstens zwei Tage Messebesuch ein. Die Fülle der Eindrücke ist an einem Tag kaum zu bewältigen.

  Sorgen Sie bei mehrtägigem Besuch lange *vorher* für eine Übernachtungsmöglichkeit. Hotelzimmer in Frankfurt selbst sind für die Messezeit viele Monate vorher ausgebucht.

Für Selbstverleger, die sich auf der Messe vorstellen möchten, hier die Adresse des Veranstalters:

Ausstellungs- und Messe GmbH
des Börsenvereins des Deutschen Buchhandels,
Großer Hirschgraben 17/21, 60311 Frankfurt
Telefon: 069/13061

Wegen der hohen Kosten lohnt sich dieser Versuch eigentlich erst bei mehreren Publikationen oder bei Stand- und Kostenteilung mit anderen Kleinverlagen.

Mainzer Minipressen Messe

Diese Messe findet seit 1970 ca. alle zwei Jahre statt und kann als der Versuch einer Alternative zur Internationalen Frankfurter Buchmesse gesehen werden.

Als einzige überregionale Veranstaltung dieser Art ist sie nicht nur ein Forum für Klein- und Kleinstverlage, sondern ein Sammelsurium von Verfechtern aus den unterschiedlichsten Lagern: Hier treffen sich politisch, spirituell, ›alternativ‹, esoterisch ›Angehauchte‹, Leute aus der Drogenszene, Hobbypoeten, Emanzipierte beiderlei Geschlechts und viele andere.

Jedoch bestimmt hier eher das Neben- oder Gegeneinander als ein Miteinander das Bild. Für die Messe, die im Jahr 1989 zum zehntenmal stattfand und von immerhin 370 Ausstellern bestückt wurde, ist das ebenso ungesund wie die hohe Fluktuation im dort zu findenden Verlagswesen.

Zur Information oder einfach um des Dabeigewesenseins willen lohnt sich ein Besuch der Mainzer Minipressen Messe aber allemal. Jedoch bleibt es dabei: Geschäfte werden in Frankfurt gemacht.

Autorenverbände und Autorenarbeitsgruppen

Autorenverbände und -arbeitsgruppen sind von der Idee her allemal eine gute Einrichtung, die von Ihnen als Autor genutzt werden kann und auch unterstützt werden sollte.

Da diese Verbände und Gruppen sich – wie könnte es anders sein – aus Menschen zusammensetzen, fehlt es auch hier nicht an den beschwerlichen Attributen wie Eitelkeit, Funktionärsgehabe, Bürokratie, Cliquen- und Intrigenwirtschaft.

Doch wo solche Einrichtungen als einender Verband arbeiten, Schwerpunkte auf Erfahrungsaustausch untereinander und auf soziale, wirtschaftliche und kulturpolitische Belange setzen und realisieren können, dabei offen bleiben für Nachwuchs und für neue Anregungen, da können sie wertvolle Arbeit leisten.

Zunächst einmal zu den Verbänden, die ich eher als Dachorganisationen bezeichnen möchte: Es gibt sie in verschiedenen Größenordnungen. Vom bundesweiten VS (Verband Deutscher Schriftsteller) mit über zweitausend Mitgliedern bis hin zu kleineren, manchmal auch regional begrenzten mit nur vierzig Mitgliedern.

Von den größeren und bedeutenden Verbänden möchte ich einige vorstellen.

Der **Freie Deutsche Autorenverband** (FDA), 1973 gegründet, setzt laut Satzung die Tradition des aufgelösten ›Schutzverbandes Deutscher Schriftsteller‹ fort. Der FDA bildet eine Berufsorganisation für deutschsprachige Autoren.

Gefördert und geschützt werden soll das deutsche Kunst- und Kulturschaffen insbesondere im Hinblick auf »geistige Freiheit, soziale Gerechtigkeit und wirtschaftliche Unabhängigkeit«. Der Verband versteht sich als unabhängig von Parteien, Weltanschauungs-, Wirtschafts- und Finanzgruppen.

Angestrebt wird unter anderem die gesetzliche Regelung tarifvertragsähnlicher Rahmenverträge.

Mitglied können Sie werden, wenn Sie als Autor auf »literarischem, künstlerischem, wissenschaftlichem oder sonstigem kulturellen Gebiet als Publizist schöpferisch überwiegend tätig sind«.

Es ist ein Aufnahmeantrag zu stellen, über den der Aufnahmeausschuß des FDA entscheidet.

Mitgliedsbeiträge werden erhoben.

Jedoch nicht nur Einzelpersonen, sondern auch kleinere Autorenverbände können die Mitgliedschaft beantragen.

Beratung und Förderung von jungen Autoren ist vorgesehen.

›Autorenbriefe‹, in denen Verbandsnachrichten verabreicht werden, erscheinen in unregelmäßigem Abstand.

Nähere Informationen können beim FDA angefordert werden (siehe Adressenteil S. 191).

1969 konstituierte sich der **Verband deutscher Schriftsteller** in der Gewerkschaft Druck und Papier (VS).

Der VS ist gewerkschaftlich orientiert und sieht seinen Zweck laut Satzung darin, »die kulturellen, rechtlichen, beruflichen und sozialen Interessen seiner Mitglieder zu vertreten... und die internationalen Beziehungen der Schriftsteller zu pflegen«.

Mitglied können Sie werden, wenn Sie haupt- oder nebenberuflich Autor sind und Ihr fachliches Können durch eine Buchveröffentlichung, die Sendung eines Hör- oder Fernsehspiels, die literarische Tätigkeit als Übersetzer oder andere entsprechende schriftstellerische Tätigkeit nachgewiesen haben und die Zustimmung der VS-Berufsgruppe vorliegt.

Informationsträger ist die Zeitschrift *Die Feder,* die an Mitglieder versandt wird.

Falls Sie Interesse an einem großen Verband haben, sollten Sie sich weitere Informationen zukommen lassen, um sich gründlich und genau zu orientieren, welcher Ihnen am meisten zusagt.

Die bekannteste Schriftstellervereinigung ist wohl der P.E.N.-Club (Poets, Playwrights, Editors, Essayists, Novelists), der weltweit verbreitet ist. Er wurde 1921 in London gegründet und ist bis heute nicht für jedermann zugänglich.

Sie können nicht einfach Mitglied werden, sondern Sie erfahren – nach welchen Kriterien auch immer – die Ehre, hineingewählt zu werden.

Mitglieder sind neben Schriftstellern auch Verleger, Literaturwissenschaftler und Kritiker.

Es ist das deklarierte Ziel, zum Frieden, zur Verständigung und zum kulturellen Austausch der Nationen beizutragen, die Freiheit der Kunst und Presse zu verteidigen sowie Rassen- und Völkerhaß zu bekämpfen.

Wenn auch den großen Verbänden eine gewisse Funktion nicht abzusprechen ist, so ist es für Autoren, die sozusagen am Anfang stehen, sinnvoller, sich einem kleineren Verband anzuschließen, in dem mehr Aufnahmebereitschaft und weniger Anonymität und Voreingenommenheit zu finden sein wird. Solche kleineren Verbände sind überschaubarer und arbeiten in der Regel praxisnäher. Natürlich ergibt sich hier der Nachteil, daß der Einfluß auf berufsbezogene Belange geringer ist, daß die manchmal so wichtige Rechtsberatung kaum vorhanden ist und daß eben all diese gewissen Vorteile, die ein großer Verband unter Umständen bieten kann, nicht vorhanden sind. Allerdings ist ein Großteil der kleineren Verbände den großen korrespondierend angeschlossen.

Um einen Einblick in die Arbeit der kleineren zu vermitteln, möchte ich einige vorstellen.

Die **Interessengemeinschaft deutschsprachiger Autoren** (IGdA) arbeitet mit ca. 250 Mitgliedern bundesweit.

Neben der jährlichen Mitgliederversammlung finden weitere Treffen und Begegnungen statt, bei denen viele Austauschmöglichkeiten bestehen. Ein Schwerpunkt sind Regionaltreffen der IGdA-Autoren, die regelmäßig in Form von Autorenlesungen, Werkstattgesprächen und auch geselligem Beisammensein stattfinden.

Gerade hier können Sie als Nachwuchsautor Anregungen und auch Kritik erhalten.

Die IGdA gibt eine Literaturzeitschrift heraus, die vierteljährlich erscheint und sowohl Textbeiträge von Mitgliedern (Gedichte, Kurztexte, Zeichnungen) als aber auch Informationen über Veranstaltungen, Preisausschreiben und andere in diesem Bereich interessante Neuigkeiten enthält.

Der derzeitige Beitrag beträgt jährlich 72 DM. Darin enthalten ist der Bezug der *IGdA aktuell.*

Darüber hinaus veröffentlicht dieser Verband ein Jahrbuch, den *IGdA-Almanach,* in dem Texte von Verbandsmitgliedern enthalten sind. Dieses Buch wird von den Mitgliedern selbst finanziert.

Informationsmaterial erhalten Sie gegen einen Unkostenbeitrag.

Der Verband **Schriftsteller in Schleswig-Holstein** hat ca. 160 Mitglieder. Durch Öffentlichkeitsarbeit und Veranstaltungen soll ein literaturfreundliches Klima geschaffen werden. So existiert eine ›ständige Buchausstellung‹, die in den Büchereien Schleswig-Holsteins gezeigt wird. Diese Wanderausstellung ist begleitet von Autorenlesungen. Darüber hinaus gibt es eine Lesungsreihe ›Schriftsteller kommen ins Dorf‹, die ebenso wie die Autorenlesungen eine Begegnung mit lebendiger Literatur schaffen soll.

Für die Mitglieder werden neben der Jahrestagung Fortbildungsseminare angeboten.

Mitgliedschaft beantragen können Sie unter der Voraussetzung, daß Sie literarisch arbeiten und entsprechende schriftstellerische Qualifikationen nachweisen können.

Der Jahresbeitrag beträgt 72 DM.

Auf Anfrage erhalten Sie auch hier nähere Informationen.

Die **Neue Gesellschaft für Literatur Erlangen** versteht sich als regionale Autorengruppe für den Bereich Erlangen, Nürnberg, Fürth, Bamberg, der ca. vierzig Mitglieder angehören.

Außer der örtlichen Gebundenheit erfordert eine Neuaufnahme die Entscheidung der Mitglieder aufgrund von Textproben oder Lesungen. Der jährliche Mitgliedsbeitrag beträgt 30 DM.

Dieser Verband arbeitet als Diskussionsforum für Schreibende. Öffentliche Veranstaltungen (Lesungen, Erlanger Kulturtage etc.) werden ebenso organisiert wie interne Gesprächs- und Arbeitszirkel. In gewissen Abständen werden Anthologien mit Arbeiten der Mitglieder herausgegeben.

Der **Deutsche Autoren-Verband** (DAV) wurde 1946 gegründet und hat seinen Schwerpunkt in Niedersachsen; Mitglieder wohnen jedoch im gesamten Bundesgebiet.

Sie können ihm beitreten, wenn Sie sich haupt- oder nebenberuflich schriftstellerisch betätigen und Ihre Arbeiten den Aufnahmekriterien genügen.

Der Monatsbeitrag beträgt 10 DM.

Der Verband bietet Ihnen Rundschreiben mit Informationen, ein verbandsinternes Forum zum Vorstellen eigener Arbeiten, Fortbildungstagungen sowie weitere Anregungen und Gesprächsmöglichkeiten. In einer Anthologie, die unregelmäßig erscheint, werden Arbeiten der Mitglieder vorgestellt.

Dem DAV gehören derzeit ca. 120 Mitglieder an.

Erst 1984 wurde der **Bundesring junger Autoren** gegründet, der seine Aufgabe darin sieht, junge Schriftsteller zu fördern und zu betreuen. Er gibt eine eigene Zeitung heraus.

Das Herzstück dieser Organisation jedoch sind die Gesprächskreise, die es mittlerweile in über fünfzehn Städten der Republik gibt.

Da der Bundesring junger Autoren noch im Wachsen ist, sollten Sie, wenn Sie interessiert sind und sich hier einordnen möchten, neueste Informationen direkt erbitten.

Ebenfalls für junge Autoren interessant, allerdings regional begrenzt ist die **Initiative junger Autor(inn)en Essen e. V.** , die sich die Unterstützung von Nachwuchsautoren im Ruhrgebiet zum Ziel gemacht hat.

Selbstverständlich kann hier nur ein kleiner Teil der Verbände näher vorgestellt werden. Die Verbandsarbeit ist immer in Bewegung. Da gibt es neue Möglichkeiten der Öffentlichkeitsarbeit, andere fallen weg, da ändern sich die Vorstandsbesetzungen etc. Die meisten Ämter in Autorengruppen werden ehrenamtlich ausgeübt, und so gibt es immer wieder vakante Stellen, und ›frischer Wind‹ wird ohnehin stets gebraucht.

Autorengruppen, die regional arbeiten, also kleinere und oftmals auch lose Zusammenschlüsse, gibt es mittlerweile in fast jeder Stadt. Über Ihr Kulturamt oder über die Presse wird es Ihnen sicher möglich sein, erfolgreich Nachforschungen anzustellen. Sollte sich Ihre nähere Umgebung in diesem kulturellen Bereich als ›weißer Fleck auf der Landkarte‹ erweisen, so ist es doch bestimmt einen Versuch wert, selbst eine Gruppe ins Leben zu rufen. Wenn Sie nicht ohnehin schon einige Mitmenschen kennen, die ebenfalls schriftstellerisch tätig sind, werden Sie erstaunt sein, welche Reaktionen Sie auf eine Zeitungsanzeige zwecks Gründung einer Autorengruppe oder eines Literaturzirkels (wie Sie das nennen, bleibt sowieso Ihrer Fantasie überlassen) erhalten werden. Natürlich gehört auch ein bißchen Organisationstalent dazu, das Sie aber aufbringen werden, wenn Ihnen die Sache wirklich am Herzen liegt.

Nehmen Sie mit einer bereits bestehenden Gruppe Kontakt auf, werden Sie sehr bald merken, ob Sie sich dort wohlfühlen können. Es gibt sehr unterschiedliche Vorstellungen von Literatur und Kunst; ebenso gibt es sehr unterschiedliche Literaturgruppen. Eines jedoch ist wichtig: Lassen Sie sich nicht abhalten, dies eingehend auszutesten. Sie werden nirgends sicher sein vor dem – leider auch im künstlerischen Bereich sehr verbreiteten – Konkurrenzdenken, und ich kann mir vorstellen, daß manchem die Aussicht, die eigenen Arbeiten vor ›Fremden‹ lesen zu müssen, den Lampenfieberschweiß auf die Stirne treibt. Aus eigener Erfahrung kann ich sagen, daß dies vorübergeht und niemals eine solch große Bedrohung darstellt, die ausreichen könnte, daß man es lieber sein läßt und sich zurückzieht.

Im Adressenteil auf S. 189 finden Sie einige der Verbände und Autorengruppen. Alle zu erfassen war nicht möglich. Da die meisten Gruppen jedoch auch untereinander Kontakt haben, dürfte es keine Schwierigkeit sein, dort die für Sie am nächsten gelegene kleinere Gruppe zu erfragen.

Lesungen

Zu den Möglichkeiten, bekannt zu werden, ins Gespräch oder Gerede – wie auch immer – zu kommen, seine literarischen Arbeiten einem Publikum vorzustellen und Kritik zu erhalten, gehören insbesondere Lesungen.

Gewissermaßen ist es ein Dilemma, daß oft nur bekannte, erfolgreiche Autoren zu – dann auch gut besuchten – Lesungen eingeladen werden. Unbekannteren Autoren bleibt diese Möglichkeit – so sieht es an der Oberfläche aus – oftmals verschlossen. Und wie sieht es unter der Oberfläche aus?

Verständlich ist es, daß Buchhandlungen selten Lesungen mit unbekannten Autoren machen. Autoren erhalten Honorare; Werbung und manche andere Vorbereitung verursachen Kosten. Verständlich also auch, daß der *Buchhändler* ein ›gefülltes Haus‹ haben möchte, um seine Ausgaben wieder hereinzuholen und bestenfalls sogar etwas hinzuzuverdienen. Logischerweise möchte er viele Bücher des Vortragenden verkaufen.

Für *Autoren,* für die meisten jedenfalls, haben Lesungen eine völlig andere Funktion. Da geht es mehr um die Begegnung mit dem Leser, um die Begegnung mit Menschen; es geht um Gespräche, Auseinandersetzungen und auch Kritik. Für Autoren sind Lesungen als direkter Kontakt mit dem anderen sehr wichtig.

Wie also den Teufelskreis »nicht bekannt, keinen ›zugkräftigen‹ Namen, also auch keine Einladungen zu Lesungen« durchbrechen? Das Zauberwort heißt der Erfahrung nach: *Eigeninitiative.*

Einmal bieten Autorengruppen da hervorragende Möglichkeiten. Ich habe verschiedene besucht, die Lesungen gemeinschaftlich und im kleineren Kreis veranstalten.

Einen Erfahrungsbericht von einem noch unbekannten Autor finden Sie am Ende dieses Kapitels.

Auch Veranstaltungen der Kulturämter, der verschiedenen Literaturzirkel und Galerien bieten die Möglichkeit, seine Arbeiten einem Kreis von Zuhörern vorzustellen. Es empfiehlt sich, darüber regional Nachforschungen anzustellen. Natürlich wird nicht in jeder Kleinstadt eine solche Veranstaltungsreihe und -möglichkeit zu finden sein, aber wenn es Ihnen wirklich ernst ist, werden Sie die Reise in die nächstgrößere Stadt nicht scheuen.

Darüber hinaus gibt es bei den Literaturmärkten und ähnlichem ebenso – oftmals rund um die Uhr – Lesemöglichkeiten, auch oder besser gerade für unbekannte Autoren.

Lassen Sie uns noch einmal zurück in die Buchhandlungen gehen. Nicht alle lehnen weniger geschäftsträchtige Veranstaltungen ab. Es gibt eine ganze Reihe Buchhändler, die sich für Nachwuchsautoren engagieren und auch mit ihnen Lesungen veranstalten. Unter dem Motto wie ›Autoren lesen mitgebrachte Texte und stellen sie zur Diskussion‹ gibt es verschiedene, fest eingeführte Veranstaltungen. Sprechen Sie doch einmal mit Ihrem Buchhändler. Es ist gar nicht ausgeschlossen, daß er interessiert oder zu interessieren ist.

Ich selbst habe seit einiger Zeit bei manchen meiner Lesungen sozusagen *Gastleser.* Ein weniger bekannter Autor hat so die Gelegenheit, vor, nach oder abwechselnd mit mir zu lesen. Das muß natürlich abgesprochen sein und auch thematisch passen. Auf jeden Fall bietet es einem Nachwuchsautor die Chance, seine Werke einem größeren Publikum vorzustellen.

Es gibt – wie Sie sehen – doch eine ganze Menge Möglichkeiten, im Bereich ›Lesungen‹ aktiv zu werden.

Zur Gestaltung einer Lesung gibt es Variationen, die jedoch eher den schöpferischen Bereich betreffen. Ob Sie den reinen Vortrag wählen oder die Lesung mit Musik, Tanz, Pantomime oder Fotos ›garnieren‹, bleibt Ihnen und Ihrer Fantasie überlassen.

Sinnvoll erscheint es mir, hier noch einige Worte zum Honorar zu sagen: Die generelle Empfehlung lautet, daß Autoren wenigstens 300 DM Honorar für eine Lesung veranschlagen sollten. Ich halte eine solche Richtzahl, von der beabsichtigt ist, sie kurzfristig auf vierhundert Mark heraufzusetzen, für sinnvoll, da auch ich im Prinzip nicht der Meinung bin, daß Kulturschaffende umsonst arbeiten sollen. Anregen möchte ich dennoch, sich zu überlegen, ob es zweckmäßig ist, sich zunächst einmal kostenlos oder nur gegen ein Anerkennungshonorar (z. B. Erstattung der Fahrtkosten) *vorzustellen.* Das Forum Lesung ist eine wichtige Begegnung mit dem Leser, mit den Menschen, die ich ansprechen möchte, in dem ich – egal ob bekannt oder unbekannt – wertvolle Erfahrungen über mich, meine Arbeiten und Wirkung von beidem machen kann, die sehr wertvoll sein können. Bestehe ich als ›Unbekannter‹ auf einem Mindesthonorar, werden meine Chancen, eine Lesung überhaupt durchzuführen, verschwindend gering.

»Es freut mich außerordentlich, daß wir Ihre Dichterlesung in einem so exklusiven, besonders intimen Kreis voll auskosten und Ihnen die Strapazen einer anschließenden Signierstunde ersparen können.« (Limmroth)

Das muß aber jeder für sich selbst entscheiden. Einerseits sollte es bei Lesungen, wie bei Literatur überhaupt, nicht *in erster Linie* um das Geld gehen; zum anderen wird jedoch ein angemessenes Honorar niemals die Regel werden, wenn allzuviele nur zu gerne bereit sind, kostenlos Lesungen zu halten.

Eine weitere Möglichkeit, Lesungen zu halten, bietet sich über den Friedrich-Bödecker-Kreis e.V.

Dieser wurde 1954 gegründet. Sein Ziel wird definiert mit kultureller Arbeit auf dem Gebiet der Kinder- und Jugendliteratur, welche überwiegend durch Autorenlesungen sowie Ausstellungen und weiterführende Informationsarbeit realisiert wird. Es handelt sich hierbei um Schullesungen, die zwar überwiegend Kinder- und Jugendliteratur zum Inhalt haben, aber andere Literaturbereiche (in den Oberstufen) berücksichtigen.

Für eine Lesung werden in der Regel 100 DM gezahlt. Hinzu kommen noch Spesen zu Pauschalsätzen, die in der Regel die realen Kosten nicht decken. In manchen Fällen zahlen die Schulen noch einen Obolus zum Honorar.

Und der Kontakt zum Bödecker-Kreis? Bei der Geschäftsstelle des Bundesverbandes können Sie sich informieren und in dem Verzeichnis *Autoren lesen vor Schülern* registrieren lassen.

Das setzt natürlich voraus, daß Sie sicher sind, adäquates Material für eine Lesung zu haben und diese auch gestalten zu können. Voraussetzung von seiten des Bödecker-Kreises für Ihre Aufnahme in das Verzeichnis ist, daß Sie mindestens zwei Publikationen vorweisen können.

Hier die Adresse:

Bundesverband:
Bundesverband der Friedrich-Bödecker-Kreise e.V.,
Bundesgeschäftsstelle Fischtorplatz 23, 55116 Mainz,
Telefon: 06131/28890-0
Fax: 06131/230333

Landesverbände:

Friedrich-Bödecker-Kreis Baden-Württemberg
Schillerstr. 4 (Landespavillon)
70173 Stuttgart, Telefon: 0711/228559

Friedrich-Bödecker-Kreis Bayern
Gräfelfinger Str. 14,
81375 München, Telefon: 089/711353

Friedrich-Bödecker-Kreis Bremen
Heilsberger Straße 3,
27580 Bremerhaven, Telefon: 0471/88531

Friedrich-Bödecker-Kreis Hessen
Im Geyer 18,
35781 Weilburg/Lahn, Telefon: 06471/1646

Friedrich-Bödecker-Kreis Niedersachsen
Roßkampstraße 71 e,
30519 Hannover, Telefon: 0511/833296

Friedrich-Bödecker-Kreis Nordrhein-Westfalen
Lahnstraße 6,
50859 Köln, Telefon: 02234/47583

Friedrich-Bödecker-Kreis Rheinland-Pfalz/Saarland
Eltzerhofstraße 6 a,
56068 Koblenz, Telefon: 0261/3900524

Friedrich-Bödecker-Kreis Schleswig-Holstein
Langnis,
24259 Westensee, Telefon: 04305/1292

Eine weitere Adresse, die Lesungen vermittelt und organisiert, notiert sich wie folgt:

Literatur und Schule e. V.
Wieselacker 4,
35041 Marburg,
Telefon: 06421/32850.

Hier können Sie in die Kartei der ›Lesewilligen‹ aufgenommen werden. Es werden Honorare von ca. 300 DM gezahlt.

Wichtig – das kann ich gar nicht oft genug betonen – ist natürlich immer, daß Ihre Texte zumindest die eigene Kritik durchlaufen und auch der an anderer Stelle erwähnten ›privaten‹ standgehalten haben.

Genaugenommen bringt es weder Ihnen noch den Zuhörern Positives, wenn Sie Ihre Arbeiten vorlesen, die Ihnen persönlich durchaus viel bedeuten können, mit denen aber Außenstehende herzlich wenig anfangen können.

Lesungen – Erfahrungsbericht

»Unseren Lesungen vorausgegangen waren die *Bunten Blätter,* die ich seit 1984 monatlich herausgab. Diese waren kostenlos und wurden an verschiedenen Stellen, hauptsächlich an oder in Buchhandlungen, verteilt. Die jeweilige Anzahl der *Bunten Blätter* richtete sich danach, wie viele im vorausgegangenen Monat mitgenommen wurden. Wir konnten feststellen, daß die geringere Anzahl in den Buchhandlungen abgesetzt wurde; wahrscheinlich, weil Abholer glaubten, sie würden in den Buchhandlungen auch etwas kaufen müssen. Dies war aber nicht der Fall.

In den *Bunten Blättern* veröffentlichte ich eigene Gedichte und auch Texte von anderen.

So entstanden im Laufe der Zeit einige Kontakte. Eine Autorin machte den Vorschlag, in Höxter eine Lesung zu veranstalten. Diesen Wunsch hegte ich schon lange Zeit vorher.

Der Inhaber einer Kneipe im Ort fand die Idee einer Lesung durchaus gut, und so konnten wir die erste Lesung organisieren. Sie fand an einem Samstagnachmittag unter dem Motto ›Literarische Teestunde‹ statt.

Zuvor hatten wir Plakate aufgehängt (in Geschäften) und DIN-A5-Handzettel verteilt. Die örtlichen Zeitungen, die wir angesprochen hatten, kündigten die Lesung ebenfalls an. Zu dieser ersten Veranstaltung kamen 40 Zuhörer. Ein großer Teil darunter waren Menschen, die auch sonst in dieser Kneipe verkehrten.

Wir nahmen zwei Mark Eintritt, um wenigstens unsere Unkosten einigermaßen decken zu können. Außerdem boten wir ein Programmheft an, in dem einige der vorgelesenen Gedichte abgedruckt waren. Hiervon verkauften wir sehr wenig. Zur Untermalung des Leseparts hatten wir einen Musiker eingeladen, der zwischendurch Gitarrenstücke vortrug.

Nach der Lesung meldeten sich einige der Zuhörer, die auch gerne eigene Arbeiten vorlesen wollten. Dem standen wir grundsätzlich nicht ablehnend gegenüber, achteten jedoch darauf, daß die Texte, die vorgetragen wurden, sich innerhalb eines bestimmten Rahmens bewegten. Sie mußten einfach zu unseren passen. So erweiterte sich nach und nach der Kreis der Vortragenden.

Unsere Lesungen fanden nun vierteljährlich statt. Die Zuhörerzahl schwankte zwischen 20 und 50. Wenn die Aufnahme und das Zuhören beim Publikum auch konzentriert erfolgte, so waren wir etwas enttäuscht, daß ein Gespräch, eine Diskussion, trotz Angebot, nur sehr schleppend bis gar nicht zustande kam.

Unsere wichtigsten Erfahrungen nach einigen Lesungen möchte ich zusammenfassen:

- Als beste Zeit hat sich Sonntagnachmittag gegen 16.00 bis 18.00 Uhr herausgestellt. Sinnvoll auch die Lesung, sofern sie, wie bei uns, in einer Kneipe stattfindet, vor dem normalen Betrieb stattfinden zu lassen, sonst gibt es zu viele Störungen.
- Wichtig zur Ankündigung sind Hinweise in den Zeitungen und Mundpropaganda. Plakate haben eine nicht so große Wirkung gezeigt.
- Der Austausch mit anderen Autorengruppen hat sich als sinnvoll erwiesen. So haben wir einige ›Gastleser‹ aus anderen Kreisen gehabt, aber auch örtlichen Anfängern eine Chance zum Vortrag gegeben. Eine solche Offenheit bringt allseits neue Erfahrungen.
- Finanzielle Vorteile haben wir nicht erwirtschaftet. In erster Linie machte es uns Spaß, unsere Gedichte vorzutragen und zu sehen, wie diese ankommen. An zweiter Stelle ergab sich aber auch ein wenig Werbung für unsere Bücher.
- Versuche bei Stadtbüchereien, Schulen und in anderen Städten waren nicht ermutigend. Oftmals kam nicht einmal eine Reaktion!«

Literaturtelefone

1977 gab es nur ein Literaturtelefon in der Schweiz; bald darauf jedoch folgten gleiche Einrichtungen in unserem Lande. Heute gibt es Literaturtelefone unter anderem in Münster, Hannover, Düsseldorf, Essen, Frankfurt, Hamburg, Saarbrücken, Trier, Kiel, Mainz, Wiesbaden, Ulm, Nürnberg.

In der Regel sind an solch einer Dichterstrippe 52 Autoren im Jahr zu hören, d. h. eine Woche lang liest ein Autor seine Texte.

Die Erfahrungen sind bisher überwiegend positiv; die Einschaltquoten liegen zwischen 300 und 1500 Anrufern pro Autor.

Haben Sie Interesse? Dann sollten Sie feststellen, wo das Ihnen am nächsten gelegene Literaturtelefon zu finden ist, und mit dem entsprechenden ›Betreiber‹, meistens sind das die Kulturämter, Kontakt aufnehmen. Autoren aus der Region werden in den meisten Fällen bevorzugt behandelt bzw. ausschließlich engagiert. Da die ›Sendezeit‹ auf ca. vier bis fünf Minuten begrenzt ist, bietet es sich an, möglichst kurze Beiträge auszuwählen. Für das Literaturtelefon kommen überhaupt nur Lyrik, Kurzprosa und insbesondere Mundartdichtung in Frage. Kosten wie z. B. Gebühren entstehen für Sie nicht. Allerdings werden Honorare aber nur in wenigen Ausnahmefällen bezahlt.

Versuchen Sie es ruhig. Da die Zahl dieser Einrichtungen eher eine zunehmende Tendenz aufweist, stehen Ihre Chancen, demnächst in einem Literaturtelefon zu hören zu sein (gerade in Ihrer Region), keineswegs schlecht.

Falls Sie vorerst einmal probehören möchten, hier eine Nummer, unter der Sie literarisch bedient werden:

Literaturtelefon Münster 0251/11510

Ich habe angerufen und wurde von einer Telefondame begrüßt; der Dichter wurde vorgestellt und war gleich darauf mit eigenen Werken zu hören; zum Abschluß wünschte mir die Dame von der Post »Auf Wiederhören am nächsten Freitag mit Gedichten und Kurzprosa eines anderen Autors«.

Eine besondere ›Blüte‹ im Literaturbetrieb

Wie jede Branche treibt auch die Buchbranche einige ganz spezielle Blüten hervor, die manchem als ›Begriff‹ durchaus bekannt sein dürften, deren Funktion und Bedeutung jedoch oftmals nicht klar ist.

Als eine davon kann das Literarische Informationszentrum des Josef Wintjes in Bottrop gelten, das gewissermaßen eine Sonderstellung im Bereich der Information und Betreuung von jungen Autoren einnimmt.

Josef Wintjes gab seit 1969 das *Ulcus Molle Info* heraus, das als Konglomerat von Informationen, Nachrichten über die ›alternative‹ Literaturszene wohl treffend bezeichnet war. Diese Zeitschrift wurde nach über 20 Jahren eingestellt und durch ›Impressum‹ ersetzt.

Ich habe die einzelnen Hefte nie vollständig gelesen, habe jedoch – gerade in den Anfangszeiten – eine ganze Menge Information und Orientierungshilfe gefunden.

So mancher Kontakt kommt zustande durch den im Heft enthaltenen Kleinanzeigen-Service (Angebote, Gesuche etc.) und durch die regelmäßig veröffentlichten Einladungen zur Mitarbeit an Zeitschriften, bei Preisausschreiben und an Anthologien.

Die literarische Szene hat sich im Laufe der Jahre geändert, und dementsprechend versucht Josef Wintjes, die geänderten Bedürfnisse und Wünsche zu erkennen, ihnen gerecht zu werden und damit aktuell zu bleiben.

Wenn das Heft auch hochglanzpapierene Erwartungen enttäuscht, so möchte ich es jedem empfehlen, der Information und Eingang in den Bereich der Nachwuchsautoren und Kleinverlage sucht.

Sie können – um sich selbst ein Bild zu machen – ein Probe-Heft bestellen bei: Josef Wintjes, Böckenhoffstraße 7, 46236 Bottrop.

Literaturmärkte und Literaturtreffen

Ähnlich wie Oldtimerfans und Briefmarkensammler treffen sich heute in zunehmendem Maße auch Menschen zu Veranstaltungen und Märkten, bei denen die Literatur im Brennpunkt des Interesses steht.

In fast jeder größeren Stadt gibt es einmal im Jahr ein solches Spektakel. Sei es, um nur einige zu nennen, die ›Literanover‹ in Hannover, das Nordrhein-Westfälische Autorentreffen in Düsseldorf oder die Autorentage in Stuttgart.

Auf diesen Veranstaltungen stellen sich Autoren, Kleinverlage, Selbstverleger, Literaturzeitschriften und Druckereien vor – eben alles, was den Bereich Literatur gewissermaßen berührt.

Einzelne Veranstaltungen, Vorträge und auch Lesungen ›rund um die Uhr‹ sowie Ausstellungen und regelrechte Marktveranstaltungen bieten die Möglichkeit, vielfach Orientierung zu finden und auch Kontakte aufzunehmen.

Ich halte diese Veranstaltungen für sehr produktiv und wichtig, zumal sie neben dem praktischen Effekt auch eine tiefe Wirkung in anderer Hinsicht haben können: Gerade denjenigen, die noch der Idee verfallen sind, daß sie als Dichter nur einige Blätter aus ihrem Elfenbeintürmchen zu werfen brauchen, die dann Verleger und Redakteure gierig und dankbar auflesen, wird diese Vorstellung hier in der Realität schnell wie eine Seifenblase zerplatzen.

Autorentreffen und Literaturmärkte werden sowohl von Kulturämtern wie auch von Autorengruppen und in Privatinitiative organisiert und veranstaltet.

Wenn Sie sich mit echtem Interesse ein wenig umhören, können Sie in Ihrer Umgebung so etwas gar nicht verfehlen und verpassen, da auch die regionale Presse gerne darüber berichtet.

In den entsprechenden Literaturzeitschriften finden Sie lange vorher Ankündigungen.

Da die Veranstaltungen zum Teil feste und zum anderen Teil nichtfestgelegte Termine haben, die Ausstellungsbedingungen, auch hinsichtlich der Kosten (die allerdings, wenn überhaupt erhoben, gering sind), sehr unterschiedlich sind, machte es wenig Sinn, an dieser Stelle Daten aufzuführen.

Literaturzeitschriften

Literaturzeitschriften erscheinen in Auflagen von zweihundert bis fünftausend, bestehen seit einem Jahr oder seit dreißig Jahren. Sie sind hochglanzgedruckt oder einfach hektografiert. Sie sind bundesweit verbreitet oder nur regional. – Eines aber verbindet sie: Sie befassen sich mit Literatur. Von diesen Heften, Schriften, Bändchen gibt es in der BRD eine Fülle. Sie bieten dem Dichter und Schriftsteller einen stützenden Arm. Nicht nur wegen der Möglichkeit, eigene Arbeiten zu veröffentlichen, sondern insbesondere, weil sie ein wichtiges Kommunikations- und Informationsmittel sein können.

Ich habe – lange bevor ich Bücher veröffentlichte – mit Literaturzeitschriften gearbeitet. Arbeiten mit diesen Zeitschriften bedeutet in diesem Fall zweierlei: Einmal habe ich den Redaktionen Texte von mir angeboten, die zum Teil auch gedruckt wurden; zum anderen habe ich gelesen und aus der Fülle von Informationen neue und weitere Kontakte, die im Literaturbetrieb mitunter sehr wichtig sind, schaffen können.

Die Zielsetzung und das Selbstverständnis solcher Zeitschriften reichen von ›Dokumentation einer neuen Literatur‹ bis hin zur ›Selbsthilfe von Autoren‹, die Veröffentlichungsmöglichkeiten suchen und sich diese selbst schaffen.

Ich möchte jedem Autor, aber gerade dem, der noch unerfahren ist, empfehlen, wenigstens einmal einige Literaturzeitschriften ›quer durch den Garten‹ probezulesen. Jeder wird dann selbst entscheiden, welche Blätter für ihn sinnvoll und ergiebig sind. Eine *komplette* Adressenliste der Zeitschriften abzudrucken, ist kaum möglich.

Es werden dennoch im Adreßteil dieses Buches einige Literaturzeitschriften vorgestellt, um einen gewissen Überblick, der keinen Anspruch auf Vollständigkeit erhebt, zu vermitteln. Die Preise liegen zwischen einer bis hinauf zu zwanzig Mark.

am
erker
zeitschrift
für literatur
9. jahrg. nr. 15
1985 dm 4.-
AS
JU
CHÜLERMAGAZIN
einblick
ISBN 3-925 286-96-9
EINBLICK
ein visuelles Periodikum
WINDRAD
Schreibheft
Zeitschrift für Literatur 27
LITFASS
FLUGASCHE
Literaturzeitschrift
25 JAHRE
manuskripte
ZEITSCHRIFT FÜR LITERATUR
der literat
EITSCHRIFT FÜR LITERATUR UND KUNST

Darüber hinaus gibt es diverse Verzeichnisse der deutschsprachigen Literatur- und Alternativzeitschriften.

Solche Verzeichnisse beinhalten außer der Anschrift auch Informationen über Preis, Erscheinungszyklus und Art der gesuchten Texte bzw. Themen (Themenhefte).

Die umfangreichsten und aktuellsten sind zu beziehen über

Josef Wintjes – Literarisches Informationszentrum –, Böckenhoffstraße 7, 46236 Bottrop

Josef Wintjes (Hg.):
Verzeichnis deutschsprachiger Literaturzeitschriften 1989/90. Günter Emigs VdL. Idee Archiv Amsterdam 1989. 150 S. 18,– DM

Arbeitsgruppe Alternativpresse, Langgasse 10, 53111 Bonn

Eine Zusammenstellung der Zeitschriften finden Sie auch in *Kürschners Deutscher Literaturkalender* (vgl. Literaturhinweise S. 179).

Wem es zu kostspielig oder zu umständlich ist, die verschiedensten Literaturblätter zu kaufen, um sie kennenzulernen, dem bleibt die – zwar nicht erschöpfende – Möglichkeit, sich auf Ausstellungen, Treffen etc. darüber zu informieren. Das kann auf der Buchmesse in Frankfurt oder auf der Mainzer Minipressen Messe ebenso geschehen wie auf regionalen Ausstellungen und Treffen der Literaturwelt (vgl. dazu S. 17–20).

Und wie steht es mit dem Veröffentlichen Ihrer Texte?

Das ist natürlich auch möglich! Nicht alle, aber die meisten Redaktionen der Blätter sind offen für neue Autoren, für neue Texte. Hier werden unterschiedliche Qualitätsmaßstäbe angelegt. So ist es das Ziel der einen Redaktion, ein Veröffentlichungsforum in bunter Vielfalt zu sein, während andere Redaktionen strengere Maßstäbe anlegen oder nur Texte zu vorgegebenen Themen suchen.

Honorar zahlen die meisten nicht. Die große Zahl der Literaturzeitschriften lebt als Zuschußbetrieb oder kommt wirtschaftlich gerade auf plus/minus Null.

Die Auflagen sind nicht riesig, und der Verbreitungskreis ist häufig nur begrenzt.

Aber da ja niemand als Star vom Himmel, besser gesagt, in die Bestsellerlisten fällt, bedeutet ein Abdruck Ihrer Texte in einer solchen Zeitschrift gewissermaßen schon eine Anerkennung, die ermutigen kann und darf. Darüber hinaus ergibt sich die Möglichkeit, *gelesen* zu werden, Reaktionen zu erhalten und so weiter – Fakten, die durch einen Fünfziger oder Hunderter an Honorar nicht aufgewogen werden können.

Ein großer Teil der Zeitschriften wird rezensiert. Sind Ihre Texte besonders gut oder besonders schlecht, werden Sie auch in diesen Besprechungen ein Feedback erhalten. Da das Interesse der Zeitschriften an Manuskripten sehr unterschiedlich ist, ist es zunächst einmal sinnvoll, ohne Manuskriptbeilage Kontakt aufzunehmen, um grundsätzliches Interesse und eventuell gerade gesuchte Themen zu erfragen. In der Regel wird für eingesandte Manuskripte nicht gehaftet, und ohne ausreichend beigelegtes Porto erfolgt keine Rücksendung, manchmal sogar keine Bearbeitung. Es bringt wenig ein, die Anschriften im Adressenteil mit Manuskripten zu bombardieren... bitte lieber erst sondieren.

Tages- und Wochenzeitschriften

In diesen Zeitschriften sind die Chancen, eine Arbeit unterzubringen, verschwindend gering.

Wenn überhaupt ein Feuilleton vorhanden und dann auch noch Platz für Gedichte oder Kurzprosa ist, stehen in der Regel sozusagen Hauspoeten zur Verfügung, die nur allzu gerne bereit sind, hier die Versorgung zu übernehmen.

Etwas bessere Chancen bieten sich in kleineren regionalen Tageszeitschriften, insbesondere in den Wochenendbeilagen oder im Sommer, der sogenannten ›Saure-Gurkenzeit‹.

Ich habe die Redaktionen der großen und größeren deutschen Tages- und Wochenzeitschriften angeschrieben mit der Bitte, zu prüfen, ob sie eine Chance sehen, junge Autoren mit Gedichten, Kurztexten und Kurzgeschichten zu drucken.

Stellvertretend für die Masse der Antworten, die ich erhielt, sei die des *Westfalen-Blatts,* Bielefeld, als eine der freundlichen wiedergegeben. Es heißt da:

»Verbindlichen Dank für Ihr Schreiben.

Leider kann ich Ihnen auf Ihre Anfrage keinen positiven Bescheid geben. Denn Sie werden verstehen, daß wir als Tageszeitung in erster Linie tagesaktuelle Nachrichten an unsere Leser weitergeben.

Der unterhaltende Teil in unserer Zeitung ist deshalb verhältnismäßig knapp bemessen und wird zum größten Teil von eigenen Mitarbeitern produziert. Unsere Feuilletonseite dagegen enthält vor allem Regionales aus Theater, Musik und Kunst – da bleibt beim besten Willen kein Platz mehr für allgemeine Prosa und Gedichte.«

Nur zwei von weit über achtzig Zeitschriften waren überhaupt interessiert und baten um unverbindliche Zusendung von Manuskripten.

Die Ausbeute ist also nicht gerade ermutigend.

Wer es trotzdem versuchen will, findet die Anschriften der Redaktionen in den einschlägigen Adressenverzeichnissen (siehe Anhang Literaturhinweise S. 201 – 204).

Um unnötige Arbeit und Kosten zu vermeiden, sollten Sie beachten, daß von den mehr als 1100 Tageszeitungen, die in der Bundesrepublik Deutschland erscheinen, bei weitem nicht alle eine eigene Redaktion mit den entsprechenden Ressorts besitzen. Viele beziehen ihren Textteil (›Mantel‹ genannt) von Vollredaktionen, denen sie angehören. Diese Bezirksausgaben oder Kopfblätter erstellen nur den lokalen Teil des Blattes selbständig und können somit Ihre Manuskripte gar nicht verwerten.

Wichtig ist es also auszuschließen, daß es sich bei der anvisierten Zeitschrift um ein Kopfblatt handelt, das nur einer Vollredaktion angeschlossen ist. Es lohnt sich lediglich, sich an die Zentralredaktion zu wenden.

Die Chancen einer Veröffentlichung erhöhen sich generell über einen ›guten Draht‹ zu einem Redakteur; aber auch durch die Teilnahme an Lesungen oder Mitarbeit in Autorengruppen ist es möglich, in den Lokalbereich Eingang zu finden.

Nicht unerwähnt lassen möchte ich die Stadt- oder Stadtteil-Zeitungen, die in den letzten Jahren mehr und mehr an Bedeutung gewonnen haben und überwiegend jüngere Leser erreichen. Hier ist oftmals sogar eine Seite für Lyrik vorgesehen; und das meist etwas lockere Layout gestattet Platz für Gedichtetes zwischendurch. Die Chancen, Ihre Gedichte hier vorstellen zu können, sind bei weitem größer als in den vorher behandelten Medien.

Verlage mit Druckkostenbeteiligung

»...möchten wir mitteilen, daß die Druckkosten und Bearbeitungsgebühren vom Autor selber zu tragen sind.«

»...Der Verlag hat die Aufgabe, Autoren bei der Herausgabe und Veröffentlichung ihrer Arbeiten zu unterstützen; Voraussetzung hierfür ist zum anderen die Beteiligung des Autors an den Herstellungskosten...«

»...Der Auftraggeber übernimmt bis 350 Exemplare (von 500 gedruckten?!) selbst für den Verkauf.« Und so weiter...

Wenn Sie solche Angebote, oft mit netten Worten verpackt, erhalten, sollten Sie auf jeden Fall stutzig und vorsichtig werden.

Es sei denn, Ihr Kontostand ist hoch genug, daß Ihnen einige tausend Mark für einen Band in fünfhunderter oder tausender Auflage nicht weh tun – auch wenn dieser Band in der Regel keinen echten Vertriebsweg hat und damit kaum ein Leserpublikum erreichen wird.

Wenn Sie sich also entschließen sollten, Ihre Arbeiten in einem Verlag mit Druckkostenbeteiligung zu verlegen... nein, das kann man nicht sagen, ...drucken zu lassen, tun Sie wenigstens zwei Dinge:

1. Erkundigen Sie sich in einer Druckerei in der Nähe, und vergleichen Sie deren Angebot mit dem Ihnen vorgelegten. (Sie werden vielleicht feststellen, daß die Druckerei ›um die Ecke‹ wesentlich günstiger ist.)
2. Lassen Sie sich nicht blenden von oftmals sehr professionell klingenden Versprechungen des ersten Anbieters.

Da wird zum Beispiel geworben mit »zwanzig Prozent der Auflage (hundert von fünfhundert Stück) müssen wir behalten. Davon senden wir fünfzig Bücher als Besprechungsexemplare kostenlos an verschiedene Zeitschriften.« Bitte denken Sie nicht, daß das nun heißt, daß Sie von fünfzig Zeitschriftsredaktionen mit Ihrem Werk vorgestellt werden. Die meisten der eingesandten Bücher zu Besprechungszwecken (Redaktionen aller Medien erhalten diese bergeweise) haben kaum eine Chance, berücksichtigt zu werden.

Wenn es dann weiter heißt, »wir bieten Ihnen dafür (für einen Bearbeitungsobolus) eine ISBN-Nummer (International-Standard-Book-Number) und Eintragung in das *Verzeichnis lieferbarer Bücher*«, so hört sich das gut an, bedeutet aber nichts weiter als eine formelle Anmeldung und Beantragung dieser offensichtlich magischen ISBN, für die nur eine geringe Gebühr gezahlt werden muß. Die Eintragung in das erwähnte Verzeichnis ist dann sowieso kostenlos.

Lesen Sie noch über »Beteiligung an den Rechten Ihres Werkes auf eine gewisse Laufzeit« und »in einer Höhe über vierzig Prozent«, dann gehen Sie doch besser zum Drucker in der Nachbarschaft.

Viele dieser ›Verlage‹ (und es sind nicht wenige, die sich so anbieten, die oftmals gerade in renommierten Zeitschriften inserieren) sind einfach keine Verlage; sie sind gewissermaßen nichts anderes als überteuerte Druckereien.

Und sie sind in ständig wachsender Zahl auf dem Markt vertreten. Nur so konnte ich mir erklären, daß eine Vielzahl der Autoren, die Texte zu dem von mir herausgegebenen Sammelband *Abseits der Eitelkeiten, Poetische Texte* einsandten, gleich anfragten, *wieviel* Druckkostenzuschuß sie denn zu zahlen hätten. Ich war verwundert über die Selbstverständlichkeit, mit der eine Kostenbeteiligung des Autors ins Kalkül gezogen wurde, und über die Bereitschaft zur Zahlung. So stieß ich denn auf Überraschung – in diesem Fall freudige – ob meiner Mitteilung, daß die Autoren pro Gedicht ein Honorar erhielten.

Lassen Sie sich bitte auch nicht täuschen von folgender so leicht realisierbar anmutenden Rechnung: Bei einer Gesamtauflage von fünfhundert Büchern erhält der ›Verlag‹ hundert Exemplare, während Sie vierhundert bekommen.

Erstens: Fünfhundert haben Sie bezahlt. Zweitens: Ich kann nachempfinden, wie Sie rechnen würden. Zunächst würden Sie vermutlich annehmen, Ihre vierhundert Bücher mit Leichtigkeit verkaufen zu können. Wie schon viele vor Ihnen wird die Realität Sie aber schnell einholen. Selbst wenn Sie vierhundert Bekannte und Freunde haben, werden diese Beziehungen schnell geschädigt oder geklärt, wenn Sie Ihr Buch nicht als Freundschaftsgabe verschenken, sondern verkaufen wollen. Vergessen

Sie das! Es sind Illusionen, wie es die Wirklichkeit tausendfach bewiesen hat.

Okay, werden Sie vielleicht noch denken, dann gehe ich eben in die Buchhandlungen, und die werden schon einen heimischen Autor zu würdigen und zu verkaufen wissen.

Sie werden sich – in den allermeisten Fällen – schnell als Bittsteller fühlen und mehr Ablehnung erhalten als Bücher verkaufen.

Ich weiß von vielen Autoren, die so kalkulierten, die Absage nach Absage von Buchhandlungen erhielten und noch nach Jahren auf ihren Büchern sitzen. Bitte: Es ist nicht ausgeschlossen, daß Buchhandlungen Sie mit Ihrem Buch in ihr Programm aufnehmen, aber es ist doch relativ unwahrscheinlich.

Das sollten Sie bedenken, bevor Sie zu optimistisch Ihr Geld, Ihr Erspartes hinlegen, um mit einem solchen ›Verlag‹ (wir wissen das ja inzwischen, Druckanstalt) Verträge zu schließen.

Verdienen tun Sie ohnehin nichts daran. Ihre Zinsen auf der Bank, wenn diese auch sehr niedrig sind, würden Sie reicher machen als der erhoffte Gewinn aus den Büchern. Verdienen tun lediglich jene ›Verlage‹.

(Bezeichnend ist auch, daß eine ganze Anzahl von Ausschreibungen für Literaturpreise und Ehrungen ausdrücklich keine Publikationen berücksichtigen, die durch Druckkostenzuschuß entstanden sind.)

Abschließend sei nochmals deutlich gesagt: Die Versprechungen sind schillernd und verlockend. ›Verlage‹ dieser Art werden alles tun, um Ihnen das Gefühl zu geben, *der* Autor zu sein. Wenn Ihnen literarischer Erfolg und ein paar tausend Mark egal sind, dann greifen Sie zu, und Sie halten ›Ihr‹ Buch demnächst in den Händen – aber erwarten Sie keinen Rückfluß Ihrer Investition, keinen Vertrieb, keine Öffentlichkeit.

Um nicht alle und alles über einen Kamm zu scheren, sei noch folgendes erwähnt: Es gibt Autorengruppen und -verbände, die Anthologien ihrer Mitglieder herausgeben. Für dieses Projekt wird oftmals ein finanzieller Beitrag pro Seite (zwischen 30 und 70 DM) erhoben. Das geschieht dann aber in Abstimmung und mit Einverständnis der dem Verband oder der Gruppe angehörenden Autoren. Gewissermaßen handelt es sich hier um eine Art Selbsthilfe, die durchaus als positiv und im Einzelfall als nützlich zu bewerten ist.

Ich habe einige der selbsternannten Verlage um ihr Programm gebeten, und mir sträubten sich die Haare, zu sehen, was Autoren und denen, die es werden wollen, angeboten wird.

Deshalb noch einmal: Prüfen Sie jedes Angebot in dieser Hinsicht genau, und lassen Sie sich nicht leiten von Ihrem verständlicherweise starken Wunsch, sich gedruckt zu sehen, Buchautor zu sein. Sie werden in 99 Prozent aller Fälle nur der Dumme sein.

Selbstverlag

»Leider haben Sie mit uns dem völlig falschen Verlag geschrieben...«, »...und sehen aus verschiedenen Gründen keine Möglichkeit, das Projekt im Rahmen unseres Verlagsprogrammes zu verwirklichen«, »eine Begründung der Ablehnung können wir wegen der Vielzahl der uns täglich zugehenden gleichartigen Anfragen nicht geben«, »...können wir von Ihrem Angebot leider keinen Gebrauch machen, da unser Programm schon längerfristig vorausgeplant und festgelegt ist«, »leider passen die eingesandten Gedichte nicht in unser Verlagsprogramm.« Und so weiter und so weiter...

Nach zehn oder fünfzig solcher Absagen beginnt dann gewissermaßen eine Phase des Aufgebens oder aber des Trotzes. Mag sein, Sie sagen sich, daß Sie es dann wohl besser lassen und den Wunsch vom eigenen Buch begraben.

Mag sein, Sie sagen, okay, dann mache ich es eben selbst.

Letzteres würde bedeuten, daß Sie Ihre Arbeiten im Selbst- oder Eigenverlag herausbringen wollen.

Wenn ein solches Unternehmen auch besonders gut und gründlich überlegt sein will, so ist es dennoch immer noch ein viel besserer Weg, als auf jene ›Verlage‹ auszuweichen, die einen Druckkostenzuschuß von Ihnen verlangen, ohne Ihnen – außer überteuertem Druck – etwas dafür zu bieten.

Im Eigenverlag verlegen – das birgt so mancherlei Fußangeln, die Sie sich *vorher* gut überlegen sollten und die ich hier etwas transparenter machen möchte: Bitte prüfen Sie nach allerhand Verlagsabsagen zunächst noch einmal sehr kritisch Ihre Arbeiten. Nehmen wir an, Sie gehören nicht zu jenen, die feststellen werden, daß das Schreiben für Sie selbst zwar vieles bringt, daß die Ergebnisse jedoch nicht unbedingt für die Öffentlichkeit geeignet sind. Nehmen wir weiter an, daß Sie bereits positive Resonanz aus Ihrem Bekanntenkreis, besser noch aus einer Literaturgruppe haben und von Ihren Arbeiten immer noch überzeugt sind, dann wird Sie nichts davon abhalten, den Weg des Selbstverlegens zu gehen.

Natürlich stellt sich hier auch wieder die Frage: *Wie läuft das ab?*

Wenn es ein Buch werden soll, müssen Sie einige tausend Mark veranschlagen. Die hat nicht jeder übrig. Angenommen jedoch, Sie sind in der Lage, die Druckkosten zu bezahlen, dann lassen Sie sich Angebote – nach ausführlicher Besprechung – von verschiedenen Druckereien in Ihrer Umgebung kommen. Vergleichen Sie diese Angebote.

Als Richtlinie finden Sie im Anschluß an dieses Kapitel solch ein konkretes Angebot abgedruckt. Ich habe hier bewußt ein Kleinstadt-Angebot gewählt. Wohnen Sie in einer Großstadt, werden Sie mit etwas höheren Zahlen rechnen müssen.

TELEFAX
A N G E B O T

A&K OFFSETDRUCK GmbH

Waldenburger Straße 11
D-33098 Paderborn

Telefon (05251) 75277/88
Telefax (05251) 730705

Alison Alert Verlag
Kristiane Allert Wybranietz
Zum Horsthof 6

31749 Auetal

Fax: 05753/1526
Tel: 05753/1599

ANGEBOT
2379 /93

Kunden-Nr.: 1350
Vorgang-Nr.: 933448

Ihr Zeichen:	Ihre Nachricht:	Unser Zeichen:	Datum:
MaWe	13.09.93	Si/Kö	**17.09.93**

Sehr geehrte Frau Allert Wybranietz,
wir danken für Ihre Anfrage und bieten Ihnen wie folgt an:

Objekt : **Broschüren**
Umschlag : DIN A 5
Vorderseite : 2 - farbig schwarz, rot
Rückseite : 2 - farbig schwarz, rot
Papier : Chromolux 700 einseitig hochglänzend 250 g

Innenteil : DIN A 5
Umfang : 80 Seiten
Vorderseite : 1 - farbig schwarz
Rückseite : 1 - farbig schwarz
Papier : Offset h'frei weiß 80 g
Verarbeitung : Klebebindung, in 4-fach gerillten
Umschlag einhängen, 3-seitig beschneiden
Sonstiges : angelieferte Seitenendfilme
Verpackung : zweckmäßig verpackt
Versandart : ab Druckerei

Auflage :	500	1000	2000
DM o/o :	554,00	414,00	298,00
DM gesamt :	2770,00	4140,00	5960,00

Bei der Erstellung Ihrer Druckvorlagen sind wir Ihnen gern behilflich !
Wir verarbeiten Dateien der Systeme: Apple-Macintosh/MS-DOS-Windows/Unix
und belichten auf Linotronic

Preise netto zuzüglich Mehrwertsteuer.
Die Lieferung erfolgt zu unseren bekannten Zahlungs- und Lieferbedingungen.

Liefertermin/-zeit: nach Vereinbarung

Wir bitten um Ihren Auftrag und sichern Ihnen eine sorgfältige Ausführung zu.

Mit freundlichen Grüßen

A & K Offsetdruck GmbH
D. Könsgen

Besprechen Sie mit Ihrer Druckerei die Dinge im Detail, und lassen Sie sich einen Kostenvoranschlag machen. Vielleicht haben Sie schon eine genauere Vorstellung von Ihrem Buch, so daß Sie diese unter Umständen durch ein Muster besser ausdrücken können.

Lassen Sie sich aber auch hier, was Farbwahl, Schrift- und Papiertyp betrifft, von einem erfahrenen Drucker beraten; dafür haben diese Fachleute in der Regel ein besseres Gespür als wir Schreiber.

An eines sollten Sie noch denken, wenn Sie Ihr Buch selbst verlegen wollen: Jedes Buch benötigt auch einen *Titel.* Sie sollten sich vorher versichern, daß dieser Titel nicht bereits eine andere Buchpublikation ziert und damit für einen anderen Verlag oder Autor geschützt ist. Sollte dies der Fall sein und Sie benutzen diesen Titel trotzdem, kann Ihnen das bei ungünstigen Konstellationen auf jeden Fall Ärger einbringen.

Es kann Ihnen passieren, daß Sie Ihren Titel ändern müssen, die damit versehenen Bücher nicht mehr verbreiten dürfen und schlimmstenfalls auch noch zu Schadenersatzzahlungen zitiert werden.

Auskunft über bereits geschützte Titel erteilt z. B. die Agentur Gracklauer (Reuterpfad 6–8, 14193 Berlin).

Besorgen Sie sich vor Drucklegung eine ISBN-Nummer, die Sie gegen eine geringe Bearbeitungsgebühr beim Börsenverein des Deutschen Buchhandels (Großer Hirschgraben 17–21, 60311 Frankfurt) erhalten.

Diese Nummer benötigen Sie insbesondere, um in das *Verzeichnis lieferbarer Titel* eingetragen zu werden. Nach diesem Verzeichnis arbeiten der deutsche Buchhandel und die Bibliotheken täglich.

Die ISBN hat internationale Gültigkeit.

Anhand der Nummer dieses Buches möchte ich Ihnen kurz deren Bedeutung aufschlüsseln:

3-453-00383-7

3 – steht für die geografische Zuordnung; im allgemeinen bezeichnet sie das Land bzw. den Sprachraum.

453 – ist die Verlagsnummer des Heyne Verlages.

00383 – ist die eigentliche Buchnummer, die der Verlag den einzelnen Büchern zuordnen kann.

7 – Hier handelt es sich um eine Kontrollnummer, die dem Computer bestätigt, daß die vorhergehenden Zahlen richtig sind.

Aus rechtlichen Gründen müssen Sie ein Gewerbe anmelden. Sie sind jetzt ein Verlag, wenn auch ein Selbstverlag, was jedoch für steuerrechtliche Auslegungen den ›Tatbestand‹ des Umsatzes durch selbständige Arbeit (Handel mit Büchern) erfüllt.

Insofern ist es sinnvoll, daß Sie sich mit Ihrem Gewerbeamt in Verbindung setzen. Eine Gewerbeanmeldung kostet eine geringe Verwaltungsgebühr. Sie sind damit einerseits abgesichert und haben andererseits die Möglichkeit, Ihre Unkosten steuerlich geltend zu machen, sobald steuerpflichtige Gewinne erzielt werden. Und das ist ja nicht auszuschließen.

Porto, Druckereikosten, anteilige Telefon- und Fahrtkosten und andere Kosten, die im Rahmen Ihres Verlages anfallen, können Sie dann von der Steuer absetzen. Sind die von Ihnen erzielten Einnahmen jedoch minimal, wird Ihnen das Finanzamt dieses Verlagsgewerbe schnell als Hobby auslegen, was zur Folge haben kann, daß Sie Ihre Unkosten nicht mehr steuerlich geltend machen können und das ›Verlagsgeschäft‹ als private Liebhaberei eingestuft wird.

Soweit die ›verlegerische Seite‹. Ihr Buch ist also gedruckt, gebunden, endlich in Ihren Händen.

Spätestens jetzt stellt sich die Frage des Vertriebes.

Rechnen Sie zunächst einmal damit, daß ein Teil Ihrer Familie, Ihrer Freunde und Bekannten Sie sehr dumm anschauen wird, wenn Sie erwarten, daß jemand von ihnen das Werk *kaufen* soll. Selbstverständlich – das werden Sie erfahren – erwartet man hier das Buch *geschenkt.*

Wenn Sie diese Verschenkaktion hinter sich haben, werden Sie einige Anerkennung erhalten haben, werden einige Ihrer Freunde besser kennengelernt haben, und wahrscheinlich werden immer noch (gehen wir von einer Auflage von tausend aus) mindestens neunhundert Bücher bei Ihnen liegen. Nun sollten sich verständlicherweise die ersten Käufer finden. An diesem Punkt wird es dann wichtig, welche Vorarbeit Sie geleistet haben.

Die Chancen, Ihr selbstverlegtes Buch einer Öffentlichkeit auch wirklich vorstellen und verkaufen zu können, wachsen, wenn Sie im Vorfeld bereits ausreichend Kontakte aufgenommen haben. Hier gelten die Regeln über Lesungen, den Umgang mit der lokalen Presse und dem örtlichen Buchhandel. Gerade der Buchhandel steht verlegerischen Selbsterzeugnissen oftmals kritisch bis ausgesprochen ablehnend gegenüber. Auch von daher ist es wichtig, daß Sie bei Ihrem Buch nicht schlampen, sondern daß Sie auf korrektes Äußeres achten. Das zahlt sich, wenn es zunächst auch etwas kostspieliger sein kann, letztendlich immer aus.

Finden Sie Buchhändler, die Ihr Werk anbieten wollen, gewähren Sie zwischen dreißig und fünfzig Prozent Rabatt. Um zunächst einmal Eingang zu finden, bietet sich die Möglichkeit, die Ware auf Kommissionsbasis (mit Rückgaberecht) zu überlassen. So läßt der Buchhändler Sie vielleicht nicht wegen der Kosten abblitzen, die er fürchtet, wenn er auf den Büchern sitzen bleibt. Und Sie haben Ihr Buch dort plaziert, wo Bücher gekauft werden – in einer Buchhandlung.

›Der große Verdienst‹ wird ebenfalls auf sich warten lassen. Um Ihnen das einmal zu verdeutlichen, finden Sie nachstehend die wichtigsten Überlegungen zur Preiskalkulation. Diese habe ich der ›Praxisorientierten Anleitung‹ *Verleg dich doch selbst!* von Horst Müller-Wieland (siehe Literaturempfehlungen) entnommen, die ich jedem, der sein Buch im Eigenverlag herausbringen will, sehr ans Herz lege.

Kalkulieren

Der Erfolg eines Titels hängt bestimmt in erster Linie vom Inhalt ab. Der Inhalt soll in diesem Kapitel als fest vorgegeben angenommen werden, der wirtschaftliche Erfolg des Titels soll nur noch von der richtigen Kalkulation der drei Bestimmungsgrößen *Preis, Aufmachung* und *Auflage* abhängen.

Diese Größen stehen in folgendem Zusammenhang: Der erzielbare Preis hängt von Inhalt und Aufmachung ab. D. h. bei vorgegebenem Inhalt hängt der Preis von der Entscheidung über die Aufmachung ab. Inhalt, Preis und Aufmachung wiederum bestimmen die Höhe der verkauften Auflage.

Sinnvollerweise sollte man beim Kalkulieren Entscheidungen in dieser Reihenfolge treffen.

Die Zahl der möglichen verschiedenen Aufmachungen sollte man auf eine möglichst kleine Zahl *alternativer Aufmachungen einkreisen.*

Dabei sollten Kostenüberlegungen noch unberücksichtigt bleiben. Wichtig ist der angesprochene Leserkreis und der Verwendungszweck eines Buches. Für ein Sachbuch z. B. reicht möglicherweise eine ganz einfache Aufmachung, ein Märchenbuch dagegen verkauft sich erst richtig, wenn es auch märchenhaft gemacht ist. Ein wichtiger Aspekt kann sein, daß sich ein Buch bei aufwendiger Aufmachung besonders zum Verschenken eignet und dadurch Käufer anspricht, die gar nicht Leser zu sein brauchen.

Schließlich sollte man die möglichen Alternativen auf ca. drei Varianten reduzieren.

Für diese drei Varianten muß als nächstes der *mögliche Verkaufspreis* gefunden werden.

Dabei dient zunächst als Orientierungshilfe der Preisbereich, in dem Bücher vergleichbarer Aufmachung im Handel sind.

Bei Gedichtbänden oder Romanen z. B. ist es darüber hinaus leicht, einen Preisbereich für Bücher festzustellen, die von vergleichbarer Aufmachung und von vergleichbarem Inhalt sind.

Ausgehend von diesem Preisbereich soll der eigene Titel nun preislich eingeordnet werden. Tendenziell wird der einmalige, inhaltlich unvergleichliche Titel höhere Preise erzielen können als der Titel, der in eine bekannte Sparte fällt und in seinem Bereich direkte Konkurrenz hat.

Den richtigen Preis findet man nur durch Erfahrung, Instinkt und durch Fragen, Fragen, Fragen. Sprechen Sie jeden Bekannten an und fragen Sie: »Würdest du zu dem und dem Preis...?« Wem dies peinlich ist, sollte sich fragen, wie er später das fertige Buch verkaufen will.

Besonders wichtig ist, daß man die Preise eingrenzt und bestimmt, *bevor* man die Herstellkosten kalkuliert hat. Man ist dann wesentlich objektiver und realistischer. Der größte *Fehler* ist, den Preis aus den Kosten abzuleiten! Den späteren Käufer interessieren Ihre Kosten kein bißchen!

Die Kalkulation der Kosten dient nur zur Kontrolle, ob ein Preis mit Gewinn realisierbar ist, und dient zur Abschätzung des Risikos sowie des möglichen Gewinns.

Die Kosten mögen nachträglich gegen eine komplette Alternative, gegen eine bestimmte Aufmachung und ihren Ladenpreis sprechen. Hohe Kosten machen jedoch nicht plötzlich einen Ladenpreis möglich, der außerhalb des vorher für sinnvoll erachteten Preisbereichs liegt.

Statt den Preis zu ändern, sollte man versuchen, die Kosten zu senken.

Die Kosten können außerdem noch gar nicht kalkuliert werden, da sie abhängig von der Auflage sind.

Nachdem man also beispielsweise drei alternative Aufmachungen und ihre Verkaufspreise festgelegt hat, muß nun jeweils *die Auflage bestimmt* werden. Diese Einschätzung ist besonders schwierig, da es besonders wenig Vergleichsmöglichkeiten und Informationen gibt. Wer weiß schon, wie hoch die verkaufte Auflage von Büchern ist oder war, die mit dem eigenen geplanten Titel vergleichbar sind. Diese Entscheidung hängt also von Erfahrung ab, von Verläßlichkeit, Menge und Güte der Informationen und von der Risikofreude des Verlegers.

Meistens wird die Auflage zu hoch angesetzt. Dies hat zwei Gründe. Zum einen betrachten die meisten Kleinverleger gerade ihren ersten Titel nicht distanziert genug und erst recht nicht mit den Augen des Buchhändlers, für den der Titel später einer unter Tausenden sein wird. Zum anderen ergeben sich bei kleineren Auflagen höhere Stückkosten, die eine kleine Auflage unrationell machen. Oft wird dann argumentiert: »Wir müssen eben 1000 Stück verkaufen, sonst bringt das Ganze nichts.« Dieser Vorsatz jedoch reicht nicht aus, um 1000 Stück zu verkaufen. Unabhängig von der Auflage sollte man so viele Exemplare wie möglich verkaufen wollen.

Beim Ermitteln der Auflage sollte man sich selbst folgende Fragen stellen: Wie viele Exemplare verkaufe ich…

- …sicher (z. B. an Familie, Freunde, Autoren des Buches, etc.)
- …höchstwahrscheinlich (z. B. bei Lesungen, an Buchhändler, die Interesse gezeigt haben, etc.)
- …wahrscheinlich (z. B. weil Soundso ein ähnliches Buch soundso oft verkauft hat, etc.)
- …vielleicht (z. B. weil der Leserkreis für diesen Titel soundso groß ist, etc.)
- …maximal (z. B. weil selbst Großverlage solche Titel nicht mit mehr als 3000 Exemplaren auflegen, etc.).

Um diese Fragen beantworten zu können, sollte man bereits ein Konzept für den Absatz, also für Werbung und Vertrieb haben. Die Entscheidung über die zu druckende Auflage hängt von der Risikofreude des Verlegers ab. Vernünftig erscheint mir, die Auflage zu drucken, die man glaubt, wahrscheinlich verkaufen zu können. Binden lassen würde ich nur die Auflage, die ich glaube höchstwahrscheinlich verkaufen zu können.

Inzwischen hat man also für z. B. drei Varianten die Aufmachung, den Ladenpreis und die Auflage bestimmt.

Es gilt jetzt, die richtige Variante auszuwählen.

Um diese Entscheidung treffen zu können, müssen jetzt die *Kosten kalkuliert* werden. Sie bestehen aus

Redaktionskosten (Briefwechsel mit Autoren, Fotos, etc.)
Satzkosten
Druckkosten
Bindekosten

= Herstellkosten gesamt
+ Werbungskosten
(inkl. Herstellkosten für Rezensionsexemplare)

= Gesamtkosten

Gesamtkosten : Auflage = Stückkosten

Die Stückkosten müssen dem *Erlös je Stück* gegenübergestellt werden. Der Stückerlös ist meist (und leider) nicht gleich dem Ladenpreis. Vom Ladenpreis werden folgende Beträge abgezogen:

Der Buchhändlerrabatt hängt in seiner Höhe von der Größe des Kunden bzw. seiner Bestellmenge ab sowie von der Gattung des Buches. Der Rabatt setzt sich zusammen aus prozentualem Rabatt und Freiexemplaren. Es sind bei *Fachbüchern 30%, 33% oder 35%* üblich und bei *Belletristik 40%. Maximal erlaubt* sind *50%.*

Außerdem bekommt der Buchhändler die Möglichkeit des *Partiebezuges,* d. h. bei Abnahme einer bestimmten Anzahl (meist 10) Bücher gibt es 1 Freiexemplar, das nicht in der Rechnung erscheint (!). Sog. Partien sind $^{11}/_{10}$ Exemplare oder bei schwer verkäuflichen Titeln auch $^{6}/_{5}$ Exemplare. D. h., es werden z. B. 11 Exemplare geliefert und nur 10 berechnet.

Bei $^{11}/_{10}$ Partie muß also vom Ladenpreis außer des prozentualen Rabatts auch noch 10% der Stückkosten eines Expl. abgezogen werden. (Manche rechnen auch mit 10% des Nettopreises, was mir jedoch nicht einleuchtet.)

Außerdem müssen vom Ladenpreis abgezogen werden *die Mehrwertsteuer (7%)* sowie die *durchschnittlichen Versandkosten je Stück.*

Ein Autorenhonorar soll hier vernachlässigt werden, ein Hinweis findet sich am Ende dieses Abschnitts.

Die Rechnung sieht dann also wie folgt aus:

Ladenpreis

./. Buchhändlerrabatt

./. Mehrwertsteuer
(d. h. Verkaufspreis an Buchhandel : 1,07)

./. anteilige Kosten Freiexemplare im Partiebezug

./. durchschnittliche Versandkosten

= *Stückerlös*

Stückerlös ./. Stückkosten = Gewinnspanne je Stück

Mit den bis jetzt ermittelten Größen läßt sich schon fast eine vernünftige Entscheidung für eine der angenommenen drei Alternativen treffen. Inzwischen läßt sich, wie gleich erläutert werden wird, eine Entscheidung auf Basis des erzielbaren Gewinns treffen. Um das Risiko zu beurteilen, muß man jedoch auch die Deckungsauflage ermitteln.

Die Deckungsauflage ist die verkaufte Auflage, bei der die Gesamterlöse den bis dahin entstandenen Gesamtkosten entsprechen. Sie errechnet sich aus

Gesamtkosten : Stückerlös = Deckungsauflage.

Sowie man die Deckungsauflage überschritten hat, ist man aus dem Schneider, kommt man in die Gewinnzone.

Dividiert man die Deckungsauflage durch die Gesamtauflage, erhält man einen Koeffizienten, der einzelne Alternativen miteinander vergleichbar macht. Je niedriger der Deckungskoeffizient desto niedriger das Risiko. Beispiel: Bei Auflage von 1000 und Deckungsauflage von 200 ergibt dies den Koeffizienten 0,2.

Grundlage für die zu treffende Entscheidung bildet jetzt folgendes Schema:

Alternative:	A	B	C
Ladenpreis:	5,80	9,–	24,–
Stückerlös:	2,80	4,50	12,–
Auflage:	500	500	750
Gesamtkosten:	1000,–	1500,–	7500,–
Stückkosten:	2,–	3,–	10,–
Gewinnspanne/St.:	–,80	1,50	2,–
Gesamtgewinn:	400,–	750,–	1500,–
Deckungsauflage:	357	333	625
Deckungskoeffizient:	–,71	–,666	–,83

Bevor man jetzt entscheidet, muß man Gewinnerwartung, Risiko und Kapitaleinsatz untereinander abwägen. Dafür gibt es keine Formel.

Wem es beispielsweise nur auf maximal möglichen Gewinn ankommt, der entscheidet sich für Alternative C. Zur gleichen Entscheidung kommt möglicherweise derjenige, der sein Buch als Variante C aufgemacht sehen will und dafür bereit ist, das relativ hohe Risiko zu tragen, nicht die Gewinnzone zu erreichen.

Wem mehr Sicherheit wichtiger ist, der entscheidet sich für Alternative B. Denn bei B ist sowohl der mögliche Gewinn höher als auch die Wahrscheinlichkeit größer, in die Gewinnzone zu kommen als bei A.

Anders und damit für Version A wird sich derjenige entscheiden, der seinen Kapitaleinsatz auf maximal DM 1250,– begrenzen will.

Hat man sich für eine Alternative entschieden, kann man sich an die Feinabstimmung machen. Man sollte sich fragen,

- ob ein etwas höherer oder niedrigerer Preis nicht sinnvoll wäre,
- ob sich die Kosten beeinflussen lassen,
- ob sich die Auflage steigern läßt durch bessere Werbung.

Es sind diverse Varianten möglich, die ein wenig unterschiedlich sind von der ›allgemeinen‹ Variante, für die man sich grundsätzlich entschieden hat. In dieser Phase wird nicht mehr entschieden, ob man ein Paperback oder ein Hardcover verlegt, sondern ob das Hardcover einen zweifarbigen oder einfarbigen Umschlag haben soll etc.

Zum Schluß noch als Nachtrag etwas zum *Autorenhonorar:* Kleinverleger zahlen in der Regel nicht wie Großverlage einen Abschlag im voraus und später ca. 10% vom Ladenpreis. Im Gegenteil, sie zahlen meist erst Honorar, wenn die Gewinnzone erreicht ist, und dann zahlen sie oft mehr als 10%, zum Beispiel 20%. Wer eine solche Regelung vertraglich vereinbart, sollte genau festlegen, wann die Gewinnzone beginnt. Der oben beschriebene Stückgewinn läßt sich meist eindeutig nachweisen. Wer jedoch seine eigene verlegerische Arbeitszeit als kalkulatorische Kosten veranschlagen will, sollte diese Kosten im Vertrag präzise beschreiben.

Das Geschäft mit den Büchern

Der Weg, den ein Manuskript bis zum Leser zurücklegen muß, ist weit und führt durch die verschiedenen Instanzen und Institutionen einer echten Großindustrie.

Mögliche Wege, bisweilen sind es auch unmögliche, die bis in das Lektorat eines Verlages führen, werden in diesem Buch ausführlich behandelt. Da ich es jedoch für wichtig halte, daß Sie nicht nur einen kleinen Ausschnitt kennen, möchte ich Ihnen – sozusagen im Schnellverfahren – die ›Welt des Buches‹ vorstellen.

Daß es nicht möglich und auch möglicherweise nicht sinnvoll ist, die Einzelheiten der Buchbranche hier darzulegen, brauche ich nicht zu erwähnen, aber dieser kleine Überblick mag schon manche weitverbreitete Fehlvorstellung korrigieren können.

Gehen wir davon aus, daß Ihr Manuskript bei einem Verlag gelandet, der Lektor oder Verleger begeistert und ein Verlagsvertrag geschlossen ist.

Im Anschluß daran wird aus Ihrem Manuskript im Zusammenspiel von Lektorat, Autor und Herstellung das Buch.

Sind Sie erst einmal bis hierher gekommen, so haben Sie den schwierigsten Teil ja bereits hinter sich gelassen.

Wenn wir die Fülle an Büchern, die auf den Markt kommen, mit der Spitze des vielzitierten Eisberges vergleichen (Sie wissen: Sie beträgt nur ein Siebtel des ganzen Kolosses), dann liege ich sicher nicht falsch mit der Einschätzung, wenn ich den Rest dieses Eisberges für die Menge der Manuskripte, die in Verlagen, Agenturen, Redaktionen und vor allem in Schubladen liegen, gelten lasse.

Sie sehen also: Es besteht ein ziemlicher Wettbewerb. Und es besteht eine gewisse Zurückhaltung auf seiten der Verleger gegenüber neuen Manuskripten, wenn diese nicht gerade von erfolgsbewährten Autoren kommen.

Diese Zurückhaltung und Skepsis wird inbesondere geschürt durch eine Reihe von Zeitgenossen mit der unerschütterlichen Meinung, ein Stapel Papier von ihnen beschrieben, mache schon ein Manuskript aus. Faktisch ist das richtig. Nur wird der Inhalt oftmals nicht vom Autor selbst kritisch überprüft, sondern nicht selten mit einer mir immer unbegreiflich gebliebenen Arroganz an die Verlage gesandt... teilweise sogar mit dem Vermerk »übersende ich Ihnen anbei zur Veröffentlichung«.

Doch es sind nicht nur die Autoren. Auch die Situation in den Verlagen ist eine vertrackte. Zumindest gegenüber der Literatur.

Ursprünglich war ein Verleger derjenige, der über die Produktionsmittel verfügte und die Druckkosten investierte, um daraus später einen Gewinn zu erzielen.

Seit Beginn des Buchdruckes bis hin zur Industrialisierung des Verlagswesens waren Lektor, Drucker und teilweise auch Buchhändler in einer Person vereinigt – der Verleger!

Heute sind diese Gebiete (mit Ausnahme bei einigen Kleinverlagen) auf einen ganzen Mitarbeiterstab verteilt.

Und die Produktion und der (Groß-)Handel mit Büchern sind nicht in erster Linie abhängig vom literarischen oder informativen Wert eines Buches oder gar von der Protektion des Verlegers, sondern überwiegend von marktstrategischen und kalkulatorischen Einschätzungen des Buchmarktes, der Verbraucherwünsche.

Das Buch ist heute genauso eine Ware wie andere Konsumgüter auch und ähnlichen Gesetzen unterworfen.

Die Wirtschaftlichkeit steht allemal im Vordergrund.

Es gibt jedoch auch Verlage, die sich immer wieder an das Experiment, bis dato unbekannte Autoren zu verlegen, wagen. Nicht allzu häufig hört man in diesen Fällen von besonderen Erfolgen, von wirtschaftlichen gar nicht zu reden. Hier bringen Werbung und Erwähnung in den Feuilletons oft ein schiefes Bild. Die echte Verkaufsquote – und damit vor allem die Anzahl der erreichten Leser – wird um so geheimer gehandelt, je niedriger sie ist. Und sie ist oft niedrig.

Manuskriptgestaltung

Mancher wird denken, »das sollte doch, bitte, jeder wissen«. Die zahlreichen Manuskripte, die mir der Postbote ins Haus bringt, beweisen mir täglich, daß es hier doch viel Unwissenheit gibt. Die Manuskripte, die mich erreichen, sind oft beinahe unleserlich, gleichen eher einem ›Zettelkasten‹ denn einem Manuskript; mit andern Worten: Sie machen nicht unbedingt Lust aufs Lesen.

Hier einige Anregungen, die Ihrem Manuskript rein äußerlich ein wenig mehr die Chance bieten, beachtet und gelesen zu werden.

Wichtigstes Kriterium ist die *Leserlichkeit.* Also bitte möglichst mit Maschine schreiben, sofern Sie keine Superhandschrift haben. Das Schriftbild sollte glatt durchgehen, das heißt, daß Tippfehler und Verbesserungen zuhauf einen schlechten Eindruck machen.

Über den Umfang sollten Sie selbst entscheiden. Bedenkenswert erscheint mir allerdings, daß auch hier weniger oft mehr ist.

Zur eigenen Sicherheit, aber auch zur Erleichterung der Arbeit in Redaktionen und Verlagen, sollte jedes einzelne Blatt Namen und Anschrift des Verfassers tragen.

Ebenso ist es zu Ihrem Schutze sinnvoll (wenngleich es in der Praxis wenig schützen wird), Ihr Werk mit dem Copyright-Vermerk zu versehen. »Copyright by...« drückt aus, daß die Rechte für dieses Werk bei Ihnen liegen.

Originale geben Sie bitte nicht aus der Hand; also Durchschriften, Abschriften oder Kopien fertigen! Die meisten Redaktionen übernehmen keine Haftung für eventuell verlorengegangene Manuskripte. Für den Fall, daß Sie Ihr Manuskript zurückerhalten wollen, empfiehlt es sich, ausreichend Rückporto beizufügen.

Ist das Manuskript geheftet (auf einem Heftstreifen oder in einem Schnellhefter), macht es einen besseren, kompakteren Eindruck, ist einfacher lesbar, und die Gefahr, daß Blätter verlorengehen, ist geringer.

Legen Sie Ihrem Manuskript einige biografische Angaben bei. Diese können Sie im Anschreiben unterbringen oder auf einem Extrabogen. Fassen Sie sich kurz, Langatmigkeit ermüdet den Leser schnell.

Anschreiben, in denen der Autor auf sich und seine Werke eine Lobeshymne singt, haben bei mir stets eine aggressive Stimmung ausgelöst, und wohl jeder geht mit einer gewissen ungnädigen Haltung an solch ein Manuskript heran.

Wenn Sie Ihre Arbeit auch für noch so umwerfend halten, lassen Sie andere sich darüber ihr eigenes Bild machen, und beweihräuchern Sie sich nicht schon vorher.

Bei der Erstellung eines Manuskriptes stets, was die äußerliche Form betrifft, daran denken: Ein Lektor oder ein Redakteur wartet nicht gerade auf *Ihr* Manuskript – es ist eines unter vielen auf dem Schreibtisch eines oftmals überforderten und mit Lesestoff mehr als versorgten Menschen.

Lektorat

Nur mit einem gewissen Abstand, den ein Autor zu seinem eigenen Werk nur sehr selten hat und schwer haben kann, lassen sich Ungereimtheiten, die fast immer in einem Manuskript vorhanden sind, besser und überhaupt erst herauslesen. Hier ist das Lektorat sehr hilfreich.

Ich rate Ihnen dringend, greifen Sie, bevor Sie mit Ihrem Text an eine größere Öffentlichkeit gehen, zunächst auf die private Lektoratsmöglichkeit zurück. Bitten Sie einen Freund, einen Menschen, der Ihnen nahesteht, um die Lektüre Ihrer Arbeit, und geben Sie zu verstehen, daß derjenige ›straffrei‹ seine Kritik anbringen darf. Das sollte insbesondere auch geschehen in Hinsicht auf sprachliche Mißbilder, grammatische Ausrutscher sowie Interpunktion und Rechtschreibung (dies kann immer wieder mal geschehen), aber auch in Hinsicht auf Wiederholungen, Gedankensprünge und sonstige Dinge, die sich einschleichen können und dem Autor selbst oftmals nicht auffallen, weil er mit seinem Werk eben so vertraut ist. Scheuen Sie dann gegebenenfalls bitte nicht die Arbeit, den ganzen Salat nochmals – mit entsprechenden Korrekturen – abzutippen. Ein Manuskript, das vor Korrekturzeichen nur so strotzt, wird bei keinem Verlagslektor Freude erwecken.

Nachdem Sie das ›private‹ Lektorat genutzt und hoffentlich überstanden haben, gehen wir einmal davon aus, daß sich ein Verlag für Ihre Arbeit interessiert und ein Vertrag geschlossen wird. Sind Sie in einem ›ordentlichen‹ Verlag gelandet, können Sie auch hier das professionelle Lektorat in Anspruch nehmen. Achten Sie darauf, daß es Ihnen auch angeboten wird. Es gehört einfach zu den Verlagsarbeiten.

Allerdings brauchen Sie hier nun nicht zu allem ›Ja und Amen‹ zu sagen; sondern können in gleichberechtigter Zusammenarbeit mit dem Lektor Veränderungen zustimmen oder ablehnen. Seien Sie kritisch sich selbst gegenüber, aber auch den Vorschlägen des Lektors, denn in manchen Lektoren steckt – ganz ohne Arg – oftmals ein verkappter Literat, der dann im negativsten Fall *seine* Ideen durchsetzen möchte, während es sich aber um *Ihr* Manuskript handelt. Also bitte grenzen Sie sich hier ab, und zeigen Sie hier Selbstvertrauen, damit Sie nicht am Ende Ihr Manuskript völlig verfälscht wiederfinden.

Mit dem Lektor im Verlag sprechen Sie auch über die äußere Gestaltung des Buches. Bringen Sie ruhig Ihre Vorstellungen und Ideen ein; oftmals werden sie als gute Anregung aufgenommen. Natürlich gibt es eine Kompetenzteilung. Sie als Autor *schreiben,* Verlage gestalten die Bücher – trotzdem stehen Sie nicht vor Ehrfurcht erstarrt da, sondern bringen Sie sich mit ein; natürlich immer mit der Bereitschaft und Offenheit, sich eines Besseren belehren zu lassen.

Wenn Sie ein Manuskript anbieten und unterbringen wollen, sind die Lektoren in einem Verlag Ihre Ansprechpartner. Auch in kleineren Verlagen, in denen der Verleger gleichzeitig Lektor ist, sollen Sie sich nicht in die Reihe derer einreihen, die ihr Manuskript mit den Worten »Sehr geehrter Herr Verleger« einreichen. Erkundigen Sie sich vorher – durch einen Anruf zum Beispiel –, wer in Ihrem Zielverlag für Manuskripte zuständig ist.

Wichtig ist es auch, sich von Ihrem Lektor vor einem Vertragsabschluß ein Bild zu machen. Mit ihm werden Sie bis zur Drucklegung viel zusammenarbeiten, und da ist eine gewisse Harmonie sehr von Nutzen.

Betrachtet man die heutige Struktur der Verlage, die wirtschaftliche Situation auf dem Buchmarkt, dann erscheint es beinahe verständlich, wenn auch keineswegs begrüßenswert, daß auch der Beruf *›Lektor‹* inzwischen einer Wandlung unterworfen wurde.

Ein beachtlicher Teil der Lektoren in den größeren Verlagen ist eher dem Management zuzuordnen – und immer weniger als Wegbereiter für neue Literatur geeignet. Leider ist nicht einzig und allein die literarische Qualität eines Werkes dafür ausschlaggebend, ob es von einem Verlag gekauft wird oder nicht. Für den Verlag ist es wichtig, ob ein Buch ›sich verkaufen wird‹, welchen Umsatz es zu bringen verspricht.

Ein Lektor, der heute nicht das Kriterium Umsatz ins Kalkül zieht, wird bald kein Lektor mehr sein; jedenfalls nicht in den größeren Verlagen.

Literaturkritik

Instanzen der Literaturkritik sind die Medien, insbesondere die Presse (Feuilleton), der Rundfunk, das Fernsehen, aber auch Literaturzeitschriften und andere Gremien.

Literaturkritik – das ist eine recht umstrittene Angelegenheit. Lassen Sie sich also bitte nicht entmutigen, wenn nach Ihren ersten Schritten (sei das nun durch eine Lesung oder eine andere Veröffentlichung Ihrer Arbeiten) ein Kritiker schlecht über Ihre Literatur schreibt; Sie also ›verrissen‹ werden. Über das, was Literatur, was gute Literatur ist, gibt es sehr konträre Ansichten und Standpunkte. Es gibt kein allgemein- und alleingültiges Maß, wenn auch manche in der Gilde der Kritiker meinen, daß gerade sie dieses haben.

Insbesondere dann, wenn Sie gewisse Erfolge erreicht haben, kann es Ihnen leicht passieren, daß der zuständige Redakteur – nehmen wir mal an – einer Tageszeitung über Sie schreibt – und schlecht schreibt. Diese negative Kritik muß dann noch lange nichts mit der Qualität Ihrer Arbeit zu tun haben, sondern kann z. B. ebenso einem gewissen Frust des Redakteurs, der vielleicht Ähnliches wie Sie schreibt, dem aber Erfolg versagt blieb, Ausdruck geben.

Kaum etwas ist so subjektiv gefärbt wie Kritiken. Auch ich bin böse verrissen und ebenso himmelhoch gelobt worden.

Wenn ich wohl zugebe, lieber gelobt zu werden, muß ich doch sagen, daß mich böse Kritiken nicht verunsicherten. Ein Kritiker legt eben *seine* Normen an; und wo steht geschrieben, daß diese Normen ausschließlich gelten?

Wagte sich niemand mehr vom Genormten fort, dann hätten wir sehr schnell einen bedenklichen Stillstand in der Literatur.

Bitte verstehen Sie diese Ausführungen nicht als eine Lanze, die ich für absolute Kritiklosigkeit brechen will. Stellen Sie Ihren Empfänger nie auf taub.

Kritik an Ihren Arbeiten ist wichtig; und am wichtigsten ist die, die Sie von Lesern erhalten.

Konstruktive Kritik und faire Auseinandersetzung habe ich immer gesucht und konnte daraus viel lernen.

Nur sollten Sie nicht das Es-allen-recht-machen-Syndrom bekommen, da das Ihre Kreativität, Ihre Eigenwilligkeit und damit Ihren persönlichen Stil zerstören würde.

Hören Sie möglichst jeder Kritik zu, aber bitte nicht gleich einschüchtern lassen!

Natürlich möchte ich nicht unerwähnt lassen, daß ein guter Kontakt zu einem Kritiker durchaus nützlich sein kann. Er hat die Möglichkeit, Ihre Arbeiten Verlagen zu empfehlen; er kann Ihr Buch in Zeitungen besprechen, kann es gut besprechen.

Das wäre durchaus ein Weg, Ihr Werk bekannt zu machen. Da jedoch alles seinen Preis hat (nein, ich rede hier nicht von platter Bestechung), kann ich diesen Weg guten Gewissens nicht empfehlen.

Es ist auch äußerst zweifelhaft, ob ein gutes Urteil von seiten eines Kritikers zwangsläufig und immer Einfluß hat auf den Erfolg oder Mißerfolg eines Buches oder eines Autors.

So ist eine stattliche Anzahl von Büchern und Autoren beispielsweise in allen Feuilletons der bedeutendsten Zeitschriften besprochen worden – auch gelobt – und findet doch nicht viele Leser, was die Absatzzahlen der Verlage ungeschminkt deutlich machen.

So möchte ich abschließend den Wert von Buchbesprechungen in Frage stellen, zumindest aber relativieren – insbesondere dann, wenn ich als Autor das Ziel habe, den Leser, den Menschen zu erreichen, und nicht nur den Wunsch, meinen Namen in der Zeitung zu lesen.

Finanzielle Förderungsmöglichkeiten

Zuschüsse aus öffentlichen Mitteln

Von Bundesland zu Bundesland verschieden bestehen – aus öffentlichen Mitteln – Förderungsmöglichkeiten für literarische Arbeiten. Es erscheint sinnvoll, diese z. B. für ein Druckwerk oder für Lesungen zu beantragen.

Hier rate ich Ihnen, in Ihrem Umkreis (Stadt- und Kreisverwaltung, Bezirksregierung und Kulturkreise) gezielt zu sondieren, inwieweit für Ihr Vorhaben eine Unterstützung möglich ist.

Bei mir war es so, daß ich vom Landkreis und von der Stadt Druckkostenzuschüsse bzw. Druckmöglichkeiten erhielt, um meine Verschenktexte (Lose-Blätter) herauszugeben.

Ohne diese Unterstützung wäre es mir in den Anfängen schwer möglich gewesen, meine Ideen zu realisieren und zu veröffentlichen.

Literaturzeitschriften und Autorenarbeitsgruppen können ebenfalls mit Unterstützung rechnen.

Für Lesungen stehen Gelder aus Landesmitteln für Literaturförderungen bereit. Hier handelt es sich um eine Mitfinanzierung von Lese- und Vortragsveranstaltungen. Die entsprechenden Richtlinien informieren Sie eingehend über die Einzelheiten und sind beim Kultusministerium des entsprechenden Bundeslandes zu erhalten (Adressen siehe S. 195).

Der Antrag kann formlos eingereicht werden, muß allerdings vor Beginn des jeweiligen Haushaltsjahres der Bezirksregierung vorliegen. Informieren Sie sich also rechtzeitig.

Hauptberufliche Autoren können in einem Jahr bis zu zwanzig Lesungen, nebenberufliche Autoren bis zu zehn Lesungen mit Hilfe von Landesmitteln durchführen. Der Zuschuß kann bis zu 200 DM pro Lesung betragen. Natürlich gelten diese Möglichkeiten nur so lange, bis die Mittel ausgeschöpft sind.

Die Richtlinien bezeichnen auch den berechtigten Personenkreis näher. Da heißt es: »Haushaltsmittel werden nur für Lesungen bereitgestellt, die von einem Autor durchgeführt werden, der seine literarische Qualität nachgewiesen hat. Hierbei sind folgende Kriterien maßgebend:

1. Der Autor muß eine literarische Arbeit in einem dem Börsenverein des deutschen Buchhandels zugehörigen Verlag veröffentlicht haben. Die Herausgabe des Werkes darf nicht durch eine Selbstkostenbeteiligung mitfinanziert worden sein.

oder

2. Ein unabhängiges Fachgremium hat ein Werk des Autors bzw. den Autor positiv beurteilt...«

Die Fachgremien stehen den jeweiligen Bezirksregierungen zur Verfügung.

Kulturförderung gibt es auch in Form von Arbeitsstipendien. Hierüber können Sie Näheres in den ›Richtlinien für die Gewährung von Arbeitsstipendien an Künstler in den Bereichen der Bildenden Kunst, der Literatur und der Musik‹ des Niedersächsischen Ministeriums für Wissenschaft und Kunst, veröffentlicht im Niedersächsischen Mitteilungsblatt Nr. 38/1984, nachlesen (siehe S. 72/73).

Ich habe alle – damals noch elf – Kultusministerien angeschrieben und um die Richtlinien gebeten. Nur eines davon verstand trotz meiner eindeutigen Formulierung das echte Anliegen meines Schreibens.

So wurde mir dann unter anderem mitgeteilt, man ›bedauere, mich nicht fördern zu können, da ich nicht im entsprechenden Bundesland lebe‹, oder aber, ›meiner Anfrage habe kein ausführlicher Finanzierungsplan beigelegen‹.

Ich erzähle dies, weil Sie daran sehen, daß viele Anträge auf Unterstützung eingehen und daß oftmals offensichtlich nicht richtig gelesen, sondern überflogen und abgelehnt wird. Daher ist es wichtig, daß Sie Ihre Anfrage präzise und klar formulieren.

Folgender Weg ist sinnvoll:

1. Allgemeine Anfrage an das für Sie zuständige Kultusministerium (Adressen siehe S. 195) mit der Bitte um Information, welche Möglichkeiten der Förderung des kulturellen Lebens bestehen.

Wenn Sie diese Informationen erst einmal aufmerksam gelesen haben, wissen Sie, was angeboten wird und für Sie und Ihre Arbeit überhaupt in Frage kommt.

Das können finanzielle Unterstützung (Stipendium), Zuschüsse zu kulturellen Veranstaltungen (Lesungen, Schriftstellertagungen), Zuschüsse zu Reise-, Material- und Druckkosten sowie Wettbewerbe und Preisausschreiben sein.

Unterschieden wird in der Regel nach Einzelförderung (Unterstützung eines einzelnen Künstlers) und Breitenförderung (kulturelle Veranstaltung).

Da diese Förderungsmöglichkeiten und -programme von Land zu Land differieren und sich auch ändern, ist es, wie gesagt, empfehlenswert, daß Sie sich vor Ihrem eigentlichen Antrag grundsätzlich informieren. Dann wird nämlich Ihr Antrag, den Sie nun

Richtlinien für die Gewährung von Arbeitsstipendien an Künstler in den Bereichen der Bildenden Kunst, der Literatur und der Musik

RdErl. d. MWK v. 31. 8. 1984 – 305-45 017 –

– GültL 221/4 –

I.

Einem Künstler in den Bereichen der Bildenden Kunst, der Literatur und der Musik kann auf Antrag nach § 53 LHO und nach Maßgabe dieser Richtlinien im Rahmen verfügbarer Haushaltsmittel ein Arbeitsstipendium gewährt werden. Das Arbeitsstipendium soll den Künstler finanziell in die Lage versetzen, verstärkt künstlerisch tätig zu sein.

II.

Es müssen folgende Voraussetzungen erfüllt sein:

1. Der Antragsteller muß seinen ständigen Wohnsitz in Niedersachsen haben. Ausnahmen sind in begründeten Fällen zulässig.

2. Die Qualität des bisherigen künstlerischen Wirkens des Antragstellers und des beabsichtigten Vorhabens muß eine Förderung rechtfertigen. Hierzu werden von mir gutachtliche Äußerungen

a) bei Bildenden Künstlern
von der von mir berufenen Kunstkommission,

b) bei Schriftstellern
von der von mir berufenen Literaturkommission,

c) bei Musikern und Komponisten
von dem Landesmusikrat Niedersachsen e. V. nach Abstimmung mit der Hochschule für Musik und Theater Hannover

eingeholt.

3. Das durchschnittliche monatliche Nettoeinkommen des Antragstellers sowie seines Ehepartners darf das Zweieinhalbfache, bei Alleinstehenden das Dreieinhalbfache der für den Antragsteller bzw. seine Familie maßgebenden Regelsätze nach dem Bundessozialhilfegesetz nicht übersteigen.

III.

Das Arbeitsstipendium beträgt mindestens 2000 DM und höchstens 4000 DM.

IV.

Während eines Studiums oder einer Berufsausbildung ist die Gewährung eines Arbeitsstipendiums nicht möglich. Ein Arbeitsstipendium darf ferner nicht gewährt werden, wenn

a) in den letzten zwölf Monaten vor der Antragstellung ein Arbeitsstipendium nach diesen Richtlinien bewilligt wurde,
b) seit dem Ende eines Aufenthalts in einer niedersächsischen Künstlerstätte, in der Deutschen Akademie Villa Massimo in Rom, in der Casa Baldi in Olevano Romano, in der Cité Internationale des Arts in Paris oder in einer anderen ausländischen Künstlerstätte, für den ein Stipendium aus Landesmitteln gewährt wurde, noch nicht zwölf Monate vergangen sind.

V.

Der Antrag ist bei der für den Wohnsitz des Künstlers zuständigen Bezirksregierung zu stellen. Diese entscheidet über den Antrag; mein Erlaß vom 30. 12. 1983 – Z 5-04 033 (83) - 75 – (n. v.) wird insoweit aufgehoben. Sie ist bei ihrer Entscheidung an meine Feststellung, die ich auf Grund der gutachtlichen Äußerung (Abschn. II Nr. 2) treffe, gebunden.

An die Bezirksregierungen.

– Nds. MBl. Nr. 38/1984 S. 883

2. stellen, von vornherein ernster genommen als eine diffuse Anfrage. Sie werden inzwischen informiert sein, in welcher Form die Förderung, die Sie anstreben, zu beantragen ist. Ich rate Ihnen, daß Sie sich genau an die – oftmals sehr formalen – Anforderungen halten. Das erhöht Ihre Chancen.

3. Da ein beharrliches Interesse Ihrerseits und persönlicher Kontakt gut wirken können, ist es empfehlenswert, sich nach einer angemessenen Zeit, in der Sie keine Reaktion erhalten haben, telefonisch in Erinnerung zu bringen oder nach telefonischer Anmeldung persönlich beim zuständigen Referenten nachzufragen.

Eine persönliche Begegnung wird, auch gerade im Falle eines schwierigeren Objektes, sinnvoll sein. Bieten Sie also am besten gleich in Ihrem Antragsschreiben Ihre Bereitschaft zum persönlichen Gespräch an.

Abschließend nochmals: Es gibt eine Reihe von Förderungsmöglichkeiten. Voraussetzungen hierfür sind in der Regel die Zuständigkeit der Behörde, die Förderungswürdigkeit Ihres Schaffens und ein sehr detaillierter Antrag mit Darlegung der Kosten- und Finanzierungspläne.

Literaturpreise

Laut *Literaturpreise in Deutschland* (Edition Der Landbote, München) gibt es etwa 250 Literaturpreise in der Republik.

Finanziert und vergeben werden sie von Landesregierungen, Städten, Privatpersonen, Buchhandlungen und Vereinen. Die Dotierung der Preise oder Fördergaben liegt zwischen 500 und 50000 DM. Darüber hinaus werden Urkunden, Medaillen und Plastiken verliehen, und es existieren noch eine ganze Reihe kleinerer Preise und Ehrungen, die allerdings regional begrenzt sind und keine nationale Bedeutung haben.

Ein vielfältiges Spektrum. Prämiert und gefördert werden Arbeiten der verschiedensten Genres: Gedichte, Kurzgeschichten, Erzählungen, ganze Lebenswerke, Übersetzungen, Kinder- und Jugendbücher, journalistische Leistungen oder das literarische Wirken eines Autors schlechthin.

Geehrt werden im allgemeinen ›Spitzenleistungen‹, gefördert eher Nachwuchsautoren.

Sie können sich um etwa die Hälfte der Literaturpreise bewerben; beim anderen Teil ist eine Eigenbewerbung nicht möglich. Welche Kriterien bei der Vergabe der letztgenannten angelegt werden, ist ebenso undurchsichtig wie umstritten.

Umstritten und fraglich ist auch die Bedeutung einer solchen Auszeichnung. Sie kann Ihnen zwar im gewissen Rahmen etwas Publicity bringen, wird sich aber nicht unbedingt auf Ihren weiteren Erfolg, insbesondere nicht im Buchgeschäft, auswirken.

Und wie erfahre ich von den Literaturpreisen, um die ich mich bewerben kann?

Hierzu können Ihnen auf jeden Fall die entsprechenden Kulturämter und Kulturträger Auskunft geben. Wichtig für Sie ist es, sich die Ausschreibungen zu besorgen, damit Sie erst einmal prüfen können, ob Thema und Gegenstand des jeweiligen Wettbewerbes für Sie in Frage kommen. Die Ausschreibung informiert Sie auch über die Formalien, die eingehalten werden müssen, über allgemeine Teilnahmebedingungen und Abgabeschluß.

Eine Vielzahl der wichtigsten Ausschreibungen werden in folgenden Zeitschriften veröffentlicht:

Der Literat
Holweg 27, 65812 Bad Soden

Die Feder
(Verbandszeitschrift des VS)
Friedrichstraße 15, 70174 Stuttgart

Impressum
Böckenhoffstraße 7, 46236 Bottrop

Die Welt veröffentlicht unter Kulturnotizen die Termine und Juryanschriften der wichtigsten Wettbewerbe.

Eine Auswahl von Wettbewerben stelle ich Ihnen im nachfolgenden Teil vor.

Junges Literaturforum Hessen
Teilnehmen kann, wer mindestens sechzehn, aber nicht älter als 25 Jahre ist. Sie können entweder drei Gedichte oder eine Kurzgeschichte einreichen. Die besten Arbeiten werden in einem Jahrbuch veröffentlicht, und die Urheber der besten Arbeiten haben Gelegenheit, an einem Workshop teilzunehmen.

Darüber hinaus werden einige weitere Förderungspreise vergeben, die nicht näher benannt sind.

Die Teilnahmebedingungen können Sie anfordern beim Hessischen Minister für Wissenschaft und Kunst, Stichwort Junges Literaturforum Hessen, Luisenplatz 10, 65185 Wiesbaden.

Oldenburger Kinder- und Jugendbuchpreis
Der mit 10 000 DM dotierte Preis wird ausschließlich für ein *Debüt*-Werk im Bereich der Kinder- und Jugendliteratur vergeben. Er kann geteilt werden.

Teilnahmebedingungen erhalten Sie beim Kulturzentrum der Stadt Oldenburg, Gartenstraße 5/6, 26122 Oldenburg.

Alfred-Döblin-Preis
Alle ein bis zwei Jahre wird dieser Preis (15 000 DM) für ein unveröffentlichtes Werk epischen Charakters vergeben. Er soll einem Autor ermöglichen, sein Werk ohne finanzielle Sorge zu Ende zu führen.

Näheres ist zu erfahren über die Akademie der Künste, Abteilung Literatur, Hanseatenweg 10, 10557 Berlin.

Hamburger Literaturpreis für Kurzprosa
Ohne thematische Begrenzung wird die beste Kurzprosa gesucht. Lyrik wird nicht berücksichtigt. Der Preis beträgt 12 500 DM, und weiter werden drei Förderpreise von je 2500 DM vergeben. Der Preis wurde von der Spielbank Hamburg gestiftet, und das Preisausschreiben richtet sich an Autoren aus dem Raum Hamburg, Schleswig-Holstein, Bremen, Niedersachsen und Berlin.

Teilnahmebedingungen bei der Hamburger Autorenvereinigung, Postfach 550430, 22564 Hamburg.

Helmut-M.-Braem-Übersetzerpreis
Dieser Preis (10 000 DM) soll eine herausragende Übersetzungsleistung (deutsche Prosaübersetzung) würdigen. Die Übersetzung muß in einem deutschsprachigen Verlag erschienen und lieferbar sein.

Die Vergaberichtlinien hierzu erhalten Sie beim Freundeskreis zur internationalen Förderung literarischer und wissenschaftlicher Übersetzungen e. V., Im Asemwald 32/18/54, 70599 Stuttgart.

Jugend schreibt
An diesem Wettbewerb können Sie sich beteiligen, wenn Sie nicht älter als 25 Jahre sind. Für die besten Arbeiten im Bereich der Lyrik und Prosa sind Preise ausgeschrieben.

Nähere Informationen gibt Ihnen der Freie Deutsche Autorenverband, Landesverband Baden-Württemberg, Weilerhalde 41, 72070 Tübingen.

Erzählerwettbewerb des Ostdeutschen Kulturrats
Im weiteren Sinne themengebundene Erzählungen (max. fünfzehn Schreibmaschinenseiten) können eingereicht werden. Verliehen werden ein Hauptpreis (5000 DM), ein zweiter Preis (3000 DM) und drei weitere Preise (1000 DM).

Nähere Information bei der Stiftung Ostdeutscher Kulturrat, Kaiserstraße 113, 53113 Bonn.

Literarischer März
Die Stadt Darmstadt hat den ›Leonce-und-Lena-Preis‹ (12 000 DM) und zwei Stipendien von je 6000 DM ausgeschrieben. Lyriker, die bisher keinen der bekannten Literaturpreise erhalten haben, bisher höchstens einen Lyrikband veröffentlicht haben und nicht älter als 35 Jahre sind, können sich mit ihren Arbeiten bewerben.

Informationen sendet Ihnen das Presse- und Informationsamt der Stadt Darmstadt, Luisenplatz 5, 64283 Darmstadt.

Hungertuch für Lyrik

An dem Wettbewerb können sich Autorinnen und Autoren beteiligen, die ihr erstes Buch mit Lyrik in deutscher Sprache veröffentlicht haben. Die Vorauswahl von vier Kandidaten, die sich bei einer Lesung vorstellen sollen, trifft das Hessische Literaturbüro. Ausschreibung beim Hessischen Literaturbüro, Gärtnerweg 62, 6000 Frankfurt 1.

Über weitere Preise, auch regional begrenzte, informiert die Presse.

Zur Orientierung möchte ich nachfolgend einige der Preise und Ehrungen nennen, für die eine Eigenbewerbung nicht möglich ist:

Bayerischer Literaturpreis (Jean-Paul-Preis)
Arno-Schmidt-Preis
Konrad-Duden-Preis der Stadt Mannheim
Preise der Deutschen Akademie für Sprache und Dichtung

Marieluise-Fleißner-Preis der Stadt Ingolstadt
Brüder-Grimm-Preis der Stadt Hanau
Roswitha-Gedenkmedaille der Stadt Gandersheim
F.A.Z. Literaturpreis
Fritz-Reuter-Preis der Stiftung F.V.S.
Die Claassen-Rose der Econ Verlagsgruppe
Hans-Fallada-Preis der Stadt Neumünster
Gerrit-Engelke-Literaturpreis der Stadt Hannover
und andere.

Stadtschreiber

Neben den Literaturpreisen und Ehrungen, die ich bereits vorgestellt habe, wird in einigen Städten das ›Amt des Stadtschreibers‹ vergeben.

Hierbei handelt es sich um ein symbolisches Amt. In der Regel werden dem auserwählten Stadtschreiber sowohl eine Wohnung wie auch eine monatliche finanzielle Unterstützung zuteil.

In den Richtlinien über die Vergabe dieses speziellen Genres von Literaturpreis finden sich unterschiedliche Erwartungen an einen Stadtschreiber.

Diese Auszeichnung sei mit Arbeit verbunden, heißt es da zum Beispiel. Lesungen sollen gehalten werden, das Literaturleben der jeweiligen Stadt soll bereichert werden. Literarische Gesprächsrunden stehen auf dem Stundenplan, und schreiben soll er auch noch.

Die ein- oder zweijährige ›Amtszeit‹ kann sicher vielerlei Bereicherung bringen; dem Stadtschreiber und der Stadt, die er beehrt.

Ich halte diese Art der Förderung für weitaus sinnvoller als die bloße Vergabe von Preisen und Ehren, wie sie derzeit in deutschen Landen gang und gäbe ist.

Nachteil ist es, daß die persönlichen Umstände es einem Autor oftmals nicht gestatten, sich für ein oder zwei Jahre stadtschreibend woanders niederzulassen.

Vergaberichtlinien erhalten Sie bei folgenden Anschriften:

Stadtschreiber von Bergen
Kulturgesellschaft Bergen-Enkheim mbH
Marktstraße 30, 60388 Frankfurt

Stadtschreiber-Literaturpreis des ZDF und der Stadt Mainz
Zweites Deutsches Fernsehen, ZDF Matinee,
Essenheimerstraße, 55128 Mainz-Lerchenberg

Schriftsteller im Bücherturm
Stadtverwaltung Offenbach, Dezernat III
Berliner Straße 100, 63065 Offenbach

Stadtschreiber der Stadt Kelsterbach
Stadt Kelsterbach, Mörfelder Straße 33,
65451 Kelsterbach

Stadtliterat/Künstler der Stadt Bocholt
Stadt Bocholt, Kulturamt, Postfach 377,
46363 Bocholt

Turmschreiber der Stadt Deidesheim
Gemeindeverwaltung Deidesheim, Bahnhofstraße 5,
67146 Deidesheim

Gartenhausschreiber
Stadt Otterndorf, Marktstraße 21,
21762 Otterndorf

Stadtkünstler
(Literaten im Wechsel mit Künstlern aus anderen Bereichen)
Kunsthalle Wilhelmshaven, Adalbertstraße 28,
26382 Wilhelmshaven

Künstlerstätte Schreyahn
Samtgemeinde Wustrow, Theodor-Körner-Straße 14,
29439 Lüchow

Schreiber im Turmatelier
Stadt Mannheim – Kulturamt – L 7, 12
68161 Mannheim

Deutscher Literaturfonds

Eine Besonderheit unter den Förderungsmitteln stellt der Deutsche Literaturfonds dar.

1980 wurde er von verschiedenen Organisationen von Autoren und des Buchhandels gegründet. Die finanziellen Mittel stellt der Staat zur Verfügung.

Die Möglichkeiten, Hilfe und Unterstützung aus diesem Fonds zu erhalten, sind vielfältig. Sie erstrecken sich von Druckkostenbeihilfe über Zuschüsse zu Literaturveranstaltungen, bei Übersetzungen bis hin zu Arbeits- oder Reisestipendien.

Genaue Angaben über Förderungsmöglichkeiten, Vergaberichtlinien und formale Bedingungen der Antragstellung finden Sie im abgedruckten Merkblatt, das der Deutsche Literaturfonds e. V. verschickt.

Das Kuratorium des Deutschen Literaturfonds e. V. hat in seiner letzten Sitzung 285 Anträge auf Förderung entschieden. Es wurden 17 Stipendien vergeben und sechs Literaturvermittlungsprojekte subventioniert. Die bewilligte Gesamtsumme belief sich auf 420 800 DM.

Anträge für die Herbstsitzung des Kuratoriums können bis zum 31. Mai eines jeden Jahres bei der

Geschäftsstelle des Deutschen Literaturfonds e. V.,
Alexandraweg 23, 64287 Darmstadt,

gestellt werden.

Deutscher Literaturfonds e. V. Förderungsmöglichkeiten – Vergaberichtlinien – Antragstellung

Aufgabe des Deutschen Literaturfonds ist satzungsgemäß die Förderung der zeitgenössischen deutschen Literatur. Dies umfaßt:

a) die Förderung von qualifizierten deutschsprachigen Schriftstellern,
b) die Förderung von bundesweit bedeutenden Initiativen und Modellvorhaben auf dem Gebiet der Literatur, einschließlich der literarischen Vermittlung und Rezeption.

Ziel des Literaturfonds ist es also nicht nur, die unmittelbaren Voraussetzungen für literarisches Schaffen, sondern insgesamt das Klima der literarischen Rezeption, Diskussion und Weiterentwicklung in der Bundesrepublik Deutschland zu verbessern.

Der Katalog der nachfolgend beschriebenen Förderungsmöglichkeiten – Autorenförderung und Vermittlungsförderung – soll die Ziele der vom Literaturfonds vorgesehenen Förderungsmaßnahmen verdeutlichen; die Einordnung eines Antrags oder Förderungsvorschlags in eines der Programme ist jedoch nicht Voraussetzung einer Förderung; der Katalog soll lediglich einen Anhalt für Antragsteller wie Vergabegremien bilden.

Die Vergabe von Mitteln aus dem Literaturfonds erfolgt auf der Grundlage der nachstehend abgedruckten Vergaberichtlinien.

Förderungsmöglichkeiten

I. Autorenförderung

1. Werkstipendien für Autoren zur Förderung eines bestimmten literarischen Projekts.
   Maximale Höhe: 2500,– DM pro Monat.
   Maximale Laufzeit: 1 Jahr.
   Verlängerung ist in Ausnahmefällen auf Antrag möglich.

2. Reisestipendien zur Teilnahme an überregionalen Autorentreffen und Fortbildungsveranstaltungen.
3. Beihilfen zur Autorenweiterbildung.

II. Vermittlungsförderung

1. Zuschüsse zur Finanzierung von Druck und Verbreitung deutschsprachiger zeitgenössischer, nicht marktkonformer Literatur, soweit sie für die Entwicklung literarischen Lebens im deutschen Sprachraum von Bedeutung ist.
2. a) Finanzierung bzw. Mitfinanzierung der Übersetzung zeitgenössischer deutschsprachiger Autoren.
   b) Förderung von Übersetzungen zeitgenössischer fremdsprachiger Werke ins Deutsche, soweit sie für die Anregung schriftstellerischen Schaffens in der Bundesrepublik wichtig sind.

   In beiden Fällen muß der Nachweis erbracht werden, daß der Übersetzer literarisch qualifiziert ist. Ausgenommen sind Sach- und Kunstbücher sowie Biographien.
3. Förderung periodisch erscheinender Publikationen – mit Ausnahme von wissenschaftlichen Zeitschriften –, welche die zeitgenössische literarische Entwicklung betreffen, sofern sie nicht nur regional begrenzt eingesetzt sind.
4. Finanzierung bzw. Mitfinanzierung von Symposien und ähnlichen Veranstaltungen, die der Weiterentwicklung zeitgenössischer Literatur im Sinne der Ziele des Deutschen Literaturfonds dienen.
5. Unterstützung von überregional bedeutsamen Modellvorhaben zum Zwecke der Erweiterung bestehender und der Erschließung neuer Arbeitsfelder und Wirkungsmöglichkeiten von Autoren in der Gesellschaft.
6. Unterstützung von bundesweit bedeutenden Initiativen, die dazu dienen, das Interesse an Literatur im pädagogischen Bereich (Jugend- und Erwachsenenbildung) und im breiten Publikum zu wecken und zu fördern.
7. Förderung von Untersuchungen zur Situation des zeitgenössischen literarischen Lebens.

Der Deutsche Literaturfonds e. V. behält sich vor, von sich aus Initiativen zur Realisierung von Vorhaben im Sinne der genannten Förderungsmöglichkeiten zu ergreifen. Entscheidungen hierzu trifft das Kuratorium.

Vergaberichtlinien

Das Kuratorium des Deutschen Literaturfonds e. V. hat auf seiner Sitzung am 5. Juni 1981 beschlossen, bei der Vergabe von Förderungsmitteln wie folgt zu verfahren:

1. Voraussetzung der Förderung ist ein entscheidungsreifer Antrag. Die Geschäftsstelle hat ggf. im Zusammenwirken mit dem Antragsteller für die Erfüllung dieser Voraussetzung zu sorgen.
2. Über die Förderung entscheidet das Kuratorium oder eine von ihm zu benennende Vergabe-Kommission.

   Die Wiederholung von Anträgen auf Förderung eines einmal abgelehnten Projekts ist unzulässig, sofern das Projekt keine grundlegende Veränderung erfahren hat.

   Gründe für die Bewilligung oder Ablehnung eines Antrags können aus grundsätzlichen wie praktischen Erwägungen dem Antragsteller nicht mitgeteilt werden.
3. Die Förderungsbeiträge werden dem Antragsteller durch die Geschäftsführung nach Maßgabe des Kuratoriumsbeschlusses zur Verfügung gestellt; die Auszahlung kann entsprechend dem Ablauf der Förderung abschnittweise erfolgen. Die Abtretung von Stipendien oder anderen Förderungsmitteln an Dritte ist ausgeschlossen.
4. Die Verwendung der Fördermittel im Sinne des Antrags bzw. nach Maßgabe der Bewilligung ist der Geschäftsstelle nachzuweisen – bei der Autorenförderung durch Arbeitsberichte, im Falle der Vermittlungsförderung zusätzlich durch einen spezifizierten Verwendungsnachweis. Näheres hierzu wird in den Bewilligungsschreiben mitgeteilt.

   Bei zweckwidriger Verwendung kann der Geschäftsführer die Auszahlung der Mittel bis zu einer erneuten Befassung unterbrechen. Über den Fortgang oder Abbruch – ggf. auch über eine Rückforderung zweckwidrig verwendeter Mittel – entscheidet das Kuratorium.

Antragstellung

Zur Antragstellung sind grundsätzlich deutsche Autoren und Institutionen berechtigt. Anträge sind an die Geschäftsstelle des Deutschen Literaturfonds e. V. zu richten.

Die Antragstellung ist nicht an die Einhaltung von Formalitäten oder an die Benutzung von Formularen gebunden. Nötig sind jedoch folgende Unterlagen:

1. **Formloser Antrag:**
   Name:
   Adresse:
   Alter:
   Familienstand, ggf. Zahl der Kinder:
   Ausbildung, Tätigkeitsbereich:
   Verzeichnis der bisherigen Veröffentlichungen:
   Information über bisherige Arbeiten und Projekte sowie gleichzeitige Anträge bei anderen Stellen:
   Bankverbindung:

2. **Kostenbegründung:**
   Im Falle der Autorenförderung:
   Kurze Angabe über Höhe und Dauer des beantragten Stipendiums bzw. der beantragten Beihilfe.
   Im Falle der Vermittlungsförderung:
   Kostenaufstellung für das Projekt mit genauer Angabe über die Verwendung der Fördermittel.

3. **Projektbeschreibung/Exposé:**

4. **Manuskriptprobe:**
   Der Auszug aus dem Werk, für das die Förderung beantragt wird, sollte ca. 20 Seiten umfassen. Die Einsendung einer für das Projekt aufschlußreichen weiteren – bereits veröffentlichten – Arbeit ist erwünscht, aber nicht Voraussetzung.

Die Angaben werden nur für Zwecke der Antragsbearbeitung verwendet. Im Falle einer Förderung wird jedoch vorausgesetzt, daß die Förderungsempfänger mit der Veröffentlichung ihres Namens in den Berichten des Literaturfonds einverstanden sind.

Struktur des Deutschen Literaturfonds e. V.

Der Literaturfonds ist ein eingetragener gemeinnütziger Verein.

Gründungsmitglieder sind:
Börsenverein des Deutschen Buchhandels, Deutsche Akademie für Sprache und Dichtung, Deutscher Bibliotheksverband, Freier Deutscher Autorenverband, Kulturwerk deutscher Schriftsteller e. V. des Verbandes deutscher Schriftsteller, PEN-Zentrum Bundesrepublik Deutschland, Verwertungsgesellschaft Wort.

Mitglieder des Kuratoriums sind:
Heinrich Maria Ledig-Rowohlt (Stellvertreter: Walter Boehlich)
Peter Härtling (Stellvertreter: Horst Krüger)
Dr. Volkmar Zühlsdorff (Stellvertreter: Siegfried Hagen)
Dr. Heinrich Vormweg (Stellvertreter: Erich Loest)
Irina Korschunow (Stellvertreter: Dr. Eberhard Horst)
Dr. Nino Erné (Stellvertreter: Dr. Elisabeth Endres)
Martha Höhl (Stellvertreter: Dr. Elmar Mittler)
Dr. Hartmut Vogel (Bundesministerium des Innern)
Dr. Wilhelm Wemmer (Bundesministerium des Innern)
Geschäftsführer: Dr. Gerhard Dette
Geschäftsstelle: 6100 Darmstadt, Alexandraweg 23
Telefon: (06151)45521
Stand: Juni 1989

Antragsfristen:

Die Vergabesitzungen des Deutschen Literaturfonds finden zweimal jährlich, in der Regel im April und im Oktober, statt. Anträge auf Förderung müssen jeweils spätestens bis zum 30. November (für die Frühjahrs-Sitzung) bzw. 31. Mai (für die Herbst-Sitzung) der Geschäftsstelle vorliegen.

Finanzielle, rechtliche und soziale Belange des Autors

Honorare

Über die Höhe von Autorenhonoraren gibt es viele Träumereien und Spekulationen. Ich erinnere mich an eine Dame, die mich anrief, um sich über die ›üblichen‹ Honorarhöhen zu erkundigen. Sie war total enttäuscht über die realistischen Zahlen; war sie doch von einem Honorar von mindestens 35 Prozent des Ladenverkaufspreises eines Buches ausgegangen.

Womit können Sie also rechnen? Einen festen Tarif gibt es nicht. Zum einen spielen der Bekanntheitsgrad des Autors ebenso wie die Auflagenhöhe bei der Festlegung des Honorars eine Rolle und zum anderen sicher auch die Gepflogenheiten eines Verlages.

Als gültige Richtlinie für ein Hardcover-Buch gilt der Betrag von acht bis zwölf Prozent vom Ladenpreis. Für Taschenbücher gilt: sechs bis acht Prozent bei Originalausgaben, fünf bis sechs Prozent bei Lizenz- und Zweitauflagen.

Dabei wird der Ladenverkaufspreis um die gesetzliche Mehrwertsteuer vermindert.

Das heute durchschnittliche 5%ige Taschenbuchhonorar stammt aus Zeiten, als Taschenbücher fast ausschließlich eine Zweitverwertung von Originalausgaben darstellten.

Schade drum

Es war einmal ein Geschichtenerzähler,
der erzählte so schöne Geschichten,
daß alle Leute sie hören wollten.
Sie luden ihn zu sich ein
und lauschten seinen Worten.
Sie liebten ihn dafür, die Leute,
doch weil niemand das Geschichtenerzählen
für Arbeit hielt, gab ihm auch niemand Geld dafür.

So kam es, daß der Geschichtenerzähler
mitten in der Innenstadt eine Pommes-Bude
eröffnete.
Dort brät er jetzt Würstchen,
die jeder bezahlt.

Manchmal fragt ihn ein Kunde:
Sind Sie nicht der Geschichtenerzähler?
Warum haben Sie damit nur aufgehört?
Es war doch sicherlich interessanter als Würstchen
zu braten.

Das macht zweifünfzig für die Wurst
und zwei Mark für die Pommes –
vierfünfzig zusammen,
sagt der alte Geschichtenerzähler dann und
hält die Hand auf.

Sein Kunde zahlt, geht weg und denkt:
Früher war der gesprächiger.

Klaus-Peter Wolf

Seit Ausweitung des Marktes jedoch erscheinen weitaus mehr Originalausgaben gleich als Taschenbuch. Die Preise liegen für ein Taschenbuch im Schnitt bei 10 DM, so daß der einstmalige Niedrigpreis ebenfalls nicht mehr die Regel ist.

Um Bildautoren richtig zu informieren und gleich die Illusionen zu nehmen:

Bei *Fotobänden* liegen die Honorare weitaus niedriger. Zwei Prozent vom Nettoladenpreis können hier als üblich bezeichnet werden.

Grundsätzlich ist es empfehlenswert, im Vertrag eine Honorarstaffelung zu vereinbaren, die einer bestimmten Steigerung der Auflagenhöhe angepaßt ist (also z. B. Hardcover acht Prozent von 1 bis 10 000, ab 10 001 zehn Prozent etc.; wobei natürlich auch hier eine Höchstgrenze gesetzt ist).

Abraten möchte ich von Angeboten, die eine einmalige Abfindungszahlung vorschlagen und prozentuale Beteiligung ausschließen.

Sie sehen also schon hier, daß die Honorare durchaus bescheiden sind und daß sich unter dem Aspekt, ›vom Schreiben leben‹ zu wollen, schnell Engpässe einstellen können.

Das soll durch das nachstehende Rechenbeispiel verdeutlicht werden.

Nehmen wir einmal an, Ihr Gedichtband (Ladenpreis 10 DM), für den Sie ein prozentuales Honorar von zehn Prozent pro Buch ausgehandelt haben, verkauft sich zehntausendmal. Zunächst dann einmal: Herzlichen Glückwunsch!

Sie erhalten also pro Buch 1 DM x 10 000 ergibt 10 000 DM.

Der hauptberufliche Autor hat davon aber noch allerhand zu zahlen; denken Sie nur an Steuern, Alters- und Krankenversicherung, des weiteren Bürokosten, Reisen (denn normalerweise kommt der Verlag nicht ins Haus) und diverse Arbeitsmittel.

Bei der Einräumung von *Nebenrechten* und in *Optionsbekundungen* im Vertrag müssen Sie selbst entscheiden, inwieweit Sie sich an Ihren Verlag binden möchten.

Einer Verteilung der Einnahmen aus Nebenrechten an Ihrem Werk, die weniger als 50 Prozent für Sie als Autor vorsieht, sollten Sie nicht zustimmen.

Mir bot einmal ein Verlag eine Nebenrechtsverteilung von 10 Prozent für die Autorin und 90 Prozent für den Verlag an. Ich war unerfahren und unterschrieb. Also bitte, prüfen Sie Ihren Vertrag auch hier genau. Fordern

Passagiere in Sicherheit

Eine der spektakulärsten Flugzeugentführungen ist heute mit der Landung der Maschine und der Verhaftung des Luftpiraten zu Ende gegangen. Nach einer zwölfstündigen Odyssee setzte das Verkehrsflugzeug der Lufthansa vom Typ Boeing 707 mit 119 Passagieren und 8 Besatzungsmitgliedern an Bord um 8.35 Uhr auf dem Köln-Bonner Flughafen Wahn auf. Der Entführer, ein junger Lyriker, unbekannt geblieben durch zwei schmale Gedichtbände, ließ sich widerstandslos festnehmen. Wie ein Sprecher der Lufthansa mitteilte, haben die Flugzeuginsassen das Drama offensichtlich ohne Schaden überstanden. Es war eine normale Landung, fügte er hinzu. Die Passagiere sind in Sicherheit.

Der schwerbewaffnete Luftpirat hatte das Flugzeug am Vorabend kurz nach dem Start in München in seine Gewalt gebracht. Er dirigierte die Maschine kreuz und quer durch den Luftraum der BRD und zwang die Insassen nicht nur, ihm bei der Lesung seiner Gedichte zuzuhören, sondern auch seinen

Sie bei Nebenrechten mindestens 50 Prozent für sich selbst; alles was darüber liegt, ist Verhandlungssache.

Die meisten *Literaturzeitschriften* zahlen für Ihre Beiträge keine Honorare. Hier gilt aber immer der Werbefaktor für Ihre Arbeiten, wie ich ihn an anderer Stelle schon ausführlicher erwähnt habe.

Größere Zeitschriften zahlen, sofern nicht honorarfrei, für ein Gedicht zwischen 50 und 200 DM.

kürzlich erschienenen zweiten Lyrikband zu kaufen.

Zu einem ernsten Zwischenfall kam es, als ein CDU-Politiker sich weigerte, 10 DM für das ›Machwerk‹ zu zahlen, eine Waffe aus der Tasche hervorzuholen versuchte und den Autor obendrein als ›Pinscher‹ beschimpfte. Nur dem umsichtigen Verhalten des Personals ist es zu verdanken, daß die Unvorsichtigkeit des Politikers ohne schwerwiegende Folgen blieb.

Nachdem der Luftpirat alle seine Gedichte verlesen und bis auf zwei Exemplare alle mitgeführten Bücher verkauft hatte, gab er Anweisung, auf dem Köln-Bonner Flughafen Wahn zu landen. Bei seiner Festnahme durch die Polizei betonte er gegenüber der Presse, daß sein Verleger von seiner Aktion keinerlei Kenntnis gehabt habe. Er hoffe, während der Haftzeit seinen ersten Roman vollenden zu können.

Die Öffentlichkeit darf gespannt sein.

Manfred Hausin

Sehr ironisch, jedoch mit Gespür für die Wirklichkeit vieler Schreiber, Dichter, Poeten, hat Manfred Hausin die Lage geschildert.

Ich möchte diesen Weg des ›jungen Lyrikers‹ aus dem Text nicht zur Nachahmung empfehlen, sondern schlage vor, nach Lektüre des Nachfolgenden und aufgrund der eigenen Erfahrungen, die Sie bei echtem Bemühen ohnehin machen werden, einen realistischeren und mehrversprechenden Weg zu gehen.

In *Anthologien* können Sie, wenn Honorar gezahlt wird, mit etwa 30 bis 100 DM pro *Gedicht* rechnen.

Kurzgeschichten in *Illustrierten* liegen in der Dotierung etwa zwischen 1000 bis 1500 DM.

All diese vorgenannten Beträge sind als lockere Richtlinie zu verstehen.

Honorare und ihre Höhe sind gewissermaßen Verhandlungssache und auch von anderen individuellen Kriterien beeinflußt.

Ein weiterer Punkt, den Sie beim Abschließen von Verträgen beachten sollten, ist die *Mehrwertsteuerregelung:*

Im abgedruckten Normvertrag (siehe Seite 97 ff.) können Sie unter § 4 Abs. 6 nachlesen, daß der Verlag auf die Honorarbeträge anfallende Mehrwertsteuer zusätzlich an Sie zahlen muß, wenn Sie als Autor mehrwertsteuerpflichtig sind. Bitte achten Sie dringend darauf, daß dieser Passus nicht gestrichen ist, da Sie sonst die Mehrwertsteuer, die Sie an den Fiskus abführen müssen, noch von Ihrem Honorar abziehen müssen.

Verlagsvertrag

Eines vorweg: Bestehen Sie *immer* auf dem Abschluß eines schriftlichen Vertrages!

Dies gilt auch, wenn gutes Einvernehmen, Vertrauen oder gar Freundschaft zwischen Autor und Verleger besteht.

Sie wissen ja: Nichts ist so beständig wie die Unbeständigkeit. Das gilt auch für gutes Einvernehmen, Vertrauen und Freundschaft.

Große Verlagshäuser haben oft ihre eigenen Vertragsformulare, die sorgfältig zu prüfen sind, aber sich normalerweise vom Normvertrag (Rahmenvertrag), der zwischen dem Börsenverein des Deutschen Buchhandels und dem Verband deutscher Schriftsteller (VS) in der IG Druck und Papier ausgehandelt wurde, kaum unterscheiden.

Wichtig ist: vor dem Vertragsabschluß *alles* lesen. Das viele Kleingedruckte ist zwar mühselig durchzuackern, aber im Fall des Falles (womit ich den Erfolgsfall für das Buch meine) ist es lohnend, einen vernünftigen Vertrag abgeschlossen zu haben und nicht über den Tisch gezogen worden zu sein.

Auch der Einwand ›es wird schon alles seine Richtigkeit haben‹ ist mir bekannt. Genauso habe ich bei dem Vertrag, den ich für mein erstes Buch abgeschlossen habe, auch gedacht. Vieles erschien mir unverständlich, schwer nachvollziehbar, und ich hatte zu diesem Zeitpunkt (ich begann ja gerade Autorin zu werden) auch gar keine Gegenargumente, mit denen ich Vertragsänderungen hätte begründen können.

Dafür bekam ich später die Rechnung präsentiert:

Mein Vertrag wies äußerst schlechte Konditionen für den Autor auf, und ich hatte mich, was gar nicht nötig gewesen wäre, mit allen Rechten an einen Verlag gebunden, mit dem ich später nicht mehr zusammenarbeiten wollte. Glauben Sie nicht, daß ich dann Verständnis fand und eine Lösung gefunden wurde. Nein, es entstand eine mühselige Zusammenarbeit, wenn man davon überhaupt noch sprechen konnte, die viel Nerverei und Geld kostete.

Rahmenvertrag

(vom 19. Oktober 1978
in der ab 1. Januar 1984 gültigen Fassung)

Zwischen dem Verband deutscher Schriftsteller (VS) in der IG Druck und Papier und dem Börsenverein des Deutschen Buchhandels e. V. – Verleger-Ausschuß – ist folgendes vereinbart:

1. Die Vertragschließenden haben den diesem Rahmenvertrag beiliegenden **Normvertrag für den Abschluß von Verlagsverträgen** vereinbart. Die Vertragschließenden verpflichten sich, darauf hinzuweisen, daß ihre Mitglieder nicht ohne triftigen Grund zu Lasten des Autors von diesem Normvertrag abweichen.

2. Die Vertragschließenden sind sich darüber einig, daß einige Probleme sich einer generellen Regelung im Sinne eines Normenvertrags entziehen. Dies gilt insbesondere für Options- und Konkurrenzausschlußklauseln, bei deren individueller Vereinbarung die schwierigen rechtlichen Zulässigkeitsvoraussetzungen besonders sorgfältig zu prüfen sind.

3. Dieser Vertrag wird in der Regel für folgende Werke und Bücher **nicht** gelten:

a) Fach- und wissenschaftliche Werke im engeren Sinn, **wohl aber** für Sachbücher;

b) Werke, deren Charakter wesentlich durch Illustrationen bestimmt wird; Briefausgaben und Buchausgaben nicht original für das Buch geschriebener Werke;

c) Werke mit mehreren Rechtsinhabern wie z. B. Anthologien, Bearbeitungen;

d) Werke, bei denen der Autor nur Herausgeber ist;

e) Werke im Sinne des § 47 Verlagsgesetz, für welche eine Publikationspflicht des Verlages nicht besteht sowie Werke, für die üblicherweise ein Pauschalhonorar vereinbart wird.

4. Soweit es sich um Werke nach Ziffer 3 b) bis e) handelt, sollen die Verträge unter Berücksichtigung der besonderen Gegebenheiten des Einzelfalles so gestaltet werden, daß sie den Intentionen des Normvertrags entsprechen.

5. Die Vertragschließenden haben eine »Schlichtungs- und Schiedsstelle Buch« eingerichtet, die im Rahmen der vereinbarten Statuten über die vertragschließenden Verbände von jedem ihrer Mitglieder angerufen werden kann.

6. Die Vertragschließenden nehmen nunmehr Verhandlungen über die Vereinbarung von Regelhonoraren auf.

7. Dieser Vertrag tritt am 1. 1. 1984 in Kraft. Er ist auf unbestimmte Zeit geschlossen und kann – mit einer Frist von sechs Monaten zum Jahresende – erstmals zum 31. 12. 1985 gekündigt werden. Die Vertragschließenden erklären sich bereit, auch ohne Kündigung auf Verlangen einer Seite in Verhandlungen über Änderungen des Vertrages einzutreten.

Stuttgart und Frankfurt am Main,
den 14. Dezember 1983

Industriegewerkschaft
Druck und Papier – Verband
deutscher Schriftsteller –

Börsenverein des
Deutschen Buchhandels e. V.
– Verleger-Ausschuß –

Damit Ihnen meine Erfahrungen erspart bleiben, halte ich es für sinnvoll, anschließend einen Verlagsvertrag (Normvertrag) abzudrucken, dessen ›neuralgische Stellen‹ ausführlich von mir kommentiert werden.

Ich will keine falschen Hoffnungen wecken, wenn ich Ihnen rate, einen Verlagsvertrag von Anfang an so abzuschließen, daß er auch dann noch für Sie fair ist und Ihnen Möglichkeiten offen läßt, falls das Buch ein solcher Erfolg wird, daß Fragen wie Lizenzvergaben, also Übersetzungen und andere Nebenrechtsverwertungen, anstehen.

Denn bedenken Sie immer: Ein Vertrag, einmal geschlossen, kann nicht plötzlich geändert werden, nur weil die Umstände sich dahin ändern, daß Sie jetzt mehr Erfolg haben, als Sie sich zum Zeitpunkt des Vertragsabschlusses vorstellen konnten.

Leider haben sich wenig Anwälte auf den Bereich Urheberrecht spezialisiert, so daß es schwierig ist, hier eine angemessene fachkundige Unterstützung zu bekommen.

Auch in den meisten Autorenverbänden und Gruppen gibt es leider niemanden, der wirklich kompetent wäre, Sie in dieser Hinsicht umfassend zu beraten.

Es ist keineswegs so, daß ich dem Bürokratismus oder der Juristerei verfallen bin, wenn ich nochmals betone, wie wichtig der Vertrag eines Tages für Sie sein kann und wie viele Komplikationen und wieviel Ärger ein guter und fairer Vertrag Ihnen als Autor ersparen kann.

Im folgenden finden Sie Erläuterungen zu den einzelnen Paragraphen des *Normvertrags für den Abschluß von Verlagsverträgen*.

Verlagsvertrag

zwischen

....

(nachstehend: Autor)

und

....

(nachstehend: Verlag)

§ 1

Vertragsgegenstand

1.

Gegenstand dieses Vertrages ist das vorliegende/noch zu verfassende Werk des Autors unter dem Titel/Arbeitstitel:

....

2.

Der endgültige Titel wird in Abstimmung zwischen Autor und Verlag festgelegt, wobei der Autor dem Stichentscheid des Verlages zu widersprechen berechtigt ist, soweit sein Persönlichkeitsrecht verletzt würde.

3.

Der Autor versichert, daß er allein berechtigt ist, über das Urheberrecht an seinem Werk zu verfügen und daß er bisher keine den Rechtseinräumungen dieses Vertrages entgegenstehende Verfügung getroffen hat. Das gilt auch für die vom Autor gelieferten Bildvorlagen, deren Nutzungsrechte bei ihm liegen. Bietet er dem Verlag Bildvorlagen an, für die dies nicht zutrifft oder nicht sicher ist, so hat er den Verlag darüber und über alle ihm bekannten oder erkennbaren rechtlich relevanten Fakten zu informieren.

4.

Der Autor ist verpflichtet, den Verlag schriftlich auf im Werk enthaltene Darstellungen von Personen oder Ereignissen hinzuweisen, mit denen das Risiko einer Persönlichkeitsrechtsverletzung verbunden ist. Wird der Autor wegen solcher Verletzungen in Anspruch genommen, sichert ihm der Verlag seine Unterstützung zu, wie auch der Autor bei der Abwehr solcher Ansprüche gegen den Verlag mitwirkt.

§ 2
Rechtseinräumungen

1.
Der Autor überträgt dem Verlag räumlich unbeschränkt für die Dauer des gesetzlichen Urheberrechts das ausschließliche Recht zur Vervielfältigung und Verbreitung (Verlagsrecht) des Werkes für alle Ausgaben und Auflagen ohne Stückzahlbegrenzung, und zwar

für alle Sprachen
oder: ①
für die deutsche Sprache.

①

Hauptgegenstand des Vertrages ist die Übertragung Ihrer Rechte als Urheber auf den Verlag. Sie übertragen das Recht der Vervielfältigung und der Verbreitung Ihres Werkes.

»Für die Dauer des gesetzlichen Urheberrechtes« (Vertragstext) – das bedeutet eine Übertragung des Hauptrechtes zunächst einmal für einen Zeitraum von 70 Jahren über Ihren Tod hinaus. Es ist also eine lange ›Ehe‹, die Sie da mit einem Verlag eingehen.

Für den Fall, daß Sie das erstemal mit einem Verlag zusammenarbeiten, kann ich nur empfehlen, diese Rechte ›nur für die deutsche Sprache‹ einzuräumen.

Es kann sich nämlich, wie mir widerfahren, herausstellen, daß Ihr Verlag im Lizenzgeschäft (Vergabe der Rechte für anderssprachige Ausgaben) wenig Erfahrungen hat. Liegen diese Rechte dann noch in Ihrer Hand, können Sie entscheiden, was Sie daraus machen. Auf jeden Fall sind diese Rechte für Sie frei.

(2)

2.

Der Autor räumt dem Verlag für die Dauer des Hauptrechts gemäß Absatz 1 außerdem folgende ausschließliche Nebenrechte – insgesamt oder einzeln – ein:

a) Das Recht des ganzen oder teilweisen Vorabdrucks und Nachdrucks auch in Zeitungen und Zeitschriften;

b) das Recht der Übersetzung in eine andere Sprache oder Mundart;

c) das Recht zur Vergabe von Lizenzen für deutschsprachige Ausgaben in anderen Ländern sowie für Taschenbuch-, Volks-, Sonder-, Reprint-, Schul- oder Buchgemeinschaftsausgaben;

d) das Recht der Herausgabe von Mikrokopieausgaben;

e) das Recht zu sonstiger Vervielfältigung, insbesondere durch fotomechanische oder ähnliche Verfahren (z. B. Fotokopie);

f) das Recht zur Aufnahme auf Vorrichtungen zur wiederholbaren Wiedergabe mittels Bild- oder Tonträger, sowie das Recht zu deren Vervielfältigung, Verbreitung und Wiedergabe;

g) das Recht zum Vortrag des Werks durch Dritte;

h) die am Werk oder seiner Bild- oder Tonträgerfixierung oder durch Lautsprecherübertragung oder Sendung entstehenden Wiedergabe- und Überspielungsrechte;

i) das Recht zur Vergabe von Lizenzen zur Ausübung der Nebenrechte a)–h).

3.

Darüber hinaus räumt der Autor dem Verlag für die Dauer des Hauptrechts gemäß Absatz 1 weitere ausschließliche Nebenrechte – insgesamt oder einzeln – ein:

a) Das Recht zur Bearbeitung als Bühnenstück sowie das Recht der Aufführung des so bearbeiteten Werkes;

b) das Recht zur Verfilmung einschließlich der Rechte zur Bearbeitung als Drehbuch und zur Vorführung des so hergestellten Films;

c) das Recht zur Bearbeitung und Verwertung des Werks im Fernsehfunkt (Television) einschließlich Wiedergaberecht;

d) das Recht zur Bearbeitung und Verwertung des Werks im Rundfunkt, z. B. als Hörspiel einschließlich Wiedergaberecht;

e) das Recht zur Vertonung des Werks;

f) das Recht zur Vergabe von Lizenzen zur Ausübung der Nebenrechte a)–e).

②

Ähnlich wie bei der Einräumung des Hauptrechtes für alle Sprachen liegen die Dinge bei der Einräumung der Nebenrechte.

Seien Sie sparsam mit der Einräumung der Nebenrechte, wenn Sie Ihrem Verlag nicht voll vertrauen können. Es ist besser, diesen Passus zu streichen, wenn Sie noch unsicher sind; denn einräumen können Sie nachträglich immer noch.

Natürlich wird der Verlag sich einige Nebenrechte (Vorabdruck in Zeitschriften, Taschenbuchrechte und für Buchgemeinschaftsausgaben) sichern wollen, was nur verständlich ist und Ihnen den Vorteil bietet, daß der Verlag von sich aus Einsatz zeigen wird, diese Rechte zu vergeben.

Aber wenn Sie die Nebenrechte erst abgetreten haben und es aber zu einem späteren Zeitpunkt erforderlich sein sollte, die einzelnen Rechte zurückzurufen (Verlag verwertet nicht angemessen; die Zusammenarbeit erscheint unmöglich fortführbar oder aus anderen vertraglichen Gründen), so ist das ausgesprochen aufwendig, auch wenn die Einräumung aus Unwissenheit erfolgte.

4.

Der Autor räumt dem Verlag schließlich für die Dauer des Hauptrechts gemäß Absatz 1 alle durch die Verwertungsgesellschaft Wort wahrgenommenen Rechte nach deren Satzung, Wahrnehmungsvertrag und Verteilungsplan zur gemeinsamen Einbringung ein. Bereits abgeschlossene Wahrnehmungsverträge bleiben davon unberührt.

5.

Für die Rechtseinräumungen der Absätze 2 bis 4 gelten folgende Beschränkungen:

a) Der Verlag darf das ihm nach Absatz 2 bis 4 eingeräumte Vergaberecht nicht ohne Zustimmung des Autors abtreten.
Dies gilt nicht gegenüber ausländischen Lizenznehmern für die Einräumung von Sublizenzen in ihrem Sprachgebiet sowie für die branchenübliche Sicherungsabtretung von Verfilmungsrechten zur Produktionsfinanzierung.

b) Das Recht zur Vergabe von Nebenrechten nach Absatz 2 bis 4 endet mit der Beendigung des Hauptrechts gemäß Absatz 1; der Bestand bereits abgeschlossener Lizenzverträge bleibt hiervon unberührt.

c) Ist der Verlag berechtigt, das Werk zu bearbeiten oder bearbeiten zu lassen, so hat er Beeinträchtigungen des Werkes zu unterlassen, die geistige und persönliche Rechte des Autors am Werk zu gefährden geeignet sind.

d) Bei Beiträgen zu Sammelwerken gilt die Ausschließlichkeit der Rechtseinräumungen nur auf die Dauer von .... Jahr(en)/Monat(en) seit Erscheinen des Sammelwerkes und/oder bis zu einer maximalen Stückzahl von .... Exemplaren.

§ 3

Verlagspflicht

1.

Der Verlag ist verpflichtet, das Werk zu vervielfältigen, zu verbreiten und dafür angemessen zu werben.

2.

Ausstattung, Buchumschlag, Auflagenhöhe, Auslieferungstermin, Ladenpreis und Werbemaßnahmen werden vom Verlag nach pflichtgemäßem Ermessen unter Berücksichtigung des Vertrags-

③

Den Erscheinungstermin klar formulieren. Geben Sie sich nicht zufrieden mit Formulierungen wie ›zur Buchmesse‹ oder ›Frühjahr‹ (Welches? Übernächstes? In 10 Jahren?), sondern bestehen Sie auf einer eindeutigen Datierung.

④

Honorar – das ist ein Thema, bei dem viele Autoren heute noch – völlig unberechtigterweise – schamvoll auf die Schuhspitzen schauen. Warum? Sie haben doch Ihr Manuskript erarbeitet, und wenn ein Verlag Interesse daran hat und einen Vertrag mit Ihnen schließen möchte, dann brauchen Sie auch bei diesem Thema keine (falsche) Bescheidenheit an den Tag zu legen. Zur Höhe des Honorars wurde an anderer Stelle dieses Buches ausführlich Stellung genommen (siehe S. 87–92). Unter § 4 Absatz 1 finden Sie drei Möglichkeiten, die Honorarbasis zu errechnen. Guten Gewissens kann ich Ihnen nur zur Lösung 1 raten: 10 Prozent vom um die Mehrwertsteuer verminderten Ladenverkaufspreis.

zwecks sowie der im Verlagsbuchhandel für Ausgaben dieser Art herrschenden Übung bestimmt.
Das Recht des Verlags zur Bestimmung des Ladenpreises nach pflichtgemäßem Ermessen schließt auch dessen spätere Herauf- oder Herabsetzung ein. Bei Herabsetzung des Ladenpreises wird der Autor vorher benachrichtigt.

③

3.

Als Erscheinungstermin ist vorgesehen: ....

4.

Das Werk soll zunächst als ....-Ausgabe (z. B.: Hardcover, Paperback, Taschenbuch) erscheinen; nachträgliche Änderungen der Form der Erstausgabe bedürfen des Einvernehmens mit dem Autor.

§ 4

④ **Absatzhonorar für Verlagsausgaben**

1.

Der Autor erhält für jedes verkaufte und bezahlte Exemplar ein Honorar auf der Basis des um die darin enthaltene Mehrwertsteuer verminderten Ladenverkaufspreises (Nettoladenverkaufspreis).
oder:
Der Autor erhält für jedes verkaufte und bezahlte Exemplar ein Honorar auf der Basis des um die darin enthaltene Mehrwertsteuer verminderten Verlagsabgabenpreises (Nettoverlagsabgabepreis).
oder:
Der Autor erhält ein Honorar auf der Basis des mit der Verlagsausgabe des Werkes erzielten, um die Mehrwertsteuer verminderten Umsatzes (Nettoumsatzbeteiligung). Dabei hat der Autor Anspruch auf Ausweis der verkauften Exemplare einschließlich der Partie- und Portoersatzstücke, für die dann Absatz 5 nicht gilt.

2.

Das Honorar für die verschiedenen Arten von Ausgaben beträgt für

a) ....-Ausgaben.........% vom Preis gemäß Absatz 1.
Es erhöht sich nach dem Absatz des Werkes
von ....bis ....Exemplaren auf ....%;
von ....bis ....Exemplaren auf ....%;
ab ....Exemplaren auf ....%.

Der Verlagsabgabepreis beträgt in der Regel nur 50 bis 60 Prozent des Ladenverkaufspreises, da hier die Rabatte des Zwischenhandels vorher abgezogen werden.

Bei gleicher prozentualer Beteiligung ergibt das einen erheblichen Unterschied, wie das nachfolgende Beispiel zeigt:

Buchpreis 10 DM, davon erhalten Sie auf 9,30 DM *Nettoladenverkaufspreis* ein Honorar von 10 Prozent, also 0,93 DM.

Demgegenüber rechnen sich 10 Prozent bei Zugrundelegung des *Nettoverlagsabgabepreises* schon erheblich anders; nämlich: Buchpreis 10 DM, abzüglich 50 Prozent Zwischenhandel; verbleiben 5 DM; abzüglich 7 Prozent Mehrwertsteuer ergibt 4,65 DM und wiederum davon Ihre 10 Prozent gleich 0,465 DM.

Lassen Sie sich also nicht irreführen, und bestehen Sie auf einer Beteiligung am Nettoladenverkaufspreis oder eben auf einer entsprechend höheren Beteiligung am Nettoverlagsabgabepreis.

Achten Sie darauf, daß die nicht in Frage kommenden Passagen gestrichen sind. So kann hinterher niemand behaupten, mündlich sei etwas für Sie Negativeres vereinbart worden.

Bei manchen verlagsinternen Verträgen ist ein Passus eingefügt, der besagt, daß 10 Prozent der jeweiligen Auflage als Druckausschuß gilt und nicht honoriert wird.

Das ist bei kleinen Auflagen sicherlich angemessen; sollte Ihr Buch jedoch eine hohe Auflage erleben, ist dieser Prozentsatz nicht mehr realistisch, sondern überzogen. Von daher ist es sinnvoll, hier eine Vereinbarung zu treffen, daß dieser prozentuale Anteil mit Wachsen der Auflage sinkt.

b) ....-Ausgaben ....% vom Preis gemäß Absatz 1.
Es erhöht sich nach dem Absatz des Werkes
von ....bis ....Exemplaren auf ....%;
von ....bis ....Exemplaren auf ....%;
ab ....Exemplaren auf ....%.

c) ....-Ausgaben ....% vom Preis gemäß Absatz 1.
Es erhöht sich nach dem Absatz des Werkes
von ....bis ....Exemplaren auf ....%;
von ....bis ....Exemplaren auf ....%;
ab ....Exemplaren auf ....%.

d) Beim Verkauf von Rohbogen der Originalausgabe außerhalb von Nebenrechtseinräumungen gilt ein Honorarsatz von ....% vom Verlagsabgabepreis.

3.

Auf seine Honoraransprüche – einschließlich der Ansprüche aus § 5 – erhält der Autor einen Vorschuß in Höhe von DM ....
Dieser Vorschuß ist fällig
zu ....% bei Abschluß des Vertrages, ⑤
zu ....% bei Ablieferung des druckfertigen Manuskripts,
zu ....% bei Erscheinen des Werkes.

4.

Der Vorschuß gemäß Absatz 3 stellt ein garantierte Mindesthonorar dar.

oder:

Vom Vorschuß nach Absatz 3 stellen DM .... ein garantiertes Mindesthonorar für dieses Werk dar.

oder:

Der Vorschuß nach Absatz 3 ist nicht zurückzuzahlen, aber mit allen Ansprüchen des Autors gegen den Verlag verrechenbar.

oder:

Der Vorschuß ist mit allen Ansprüchen des Autors aus diesem Vertrag verrechenbar.

oder:

Der Vorschuß nach Absatz 3 stellt kein garantiertes Mindesthonorar dar.

⑤

Nicht alle Verlage werden Ihnen – schon aufgrund ihrer wirtschaftlichen Situation – einen Vorschuß zahlen können. Ich habe immer lieber ohne Vorschuß gearbeitet, da es mir angenehmer ist, zunächst einmal zu sehen, ob mein Buch gelesen, also verkauft wird. Auch wollte ich das Gefühl ausschließen, beim Verlag in Schuld zu stehen, falls der tatsächliche wirtschaftliche Erfolg des Buches geringer als erwartet sein sollte.

Jedoch kann es die Situation durchaus manchmal erfordern (z. B. um ein Werk zu Ende zu bringen), einen Vorschuß in Anspruch zu nehmen. Dann aber sollte eine realistische Summe vereinbart werden, die das garantierte Mindesthonorar darstellt. Lassen Sie sich nicht auf andere Lösungen ein, die Sie in die Lage bringen könnten, zurückzahlen zu müssen. Das kann Sie in Abhängigkeit, in die Enge und in andere unangenehme Situationen bringen.

5.
Pflicht-, Prüf-, Werbe- und Besprechungsexemplare sind honorarfrei; darunter fallen nicht Partie- und Portoersatzstücke sowie solche Exemplare, die für Werbezwecke des Verlages, nicht aber des Buches abgegeben werden.

⑥

6.
Ist der Autor mehrwertsteuerpflichtig, zahlt der Verlag die auf die Honorarbeträge anfallende gesetzliche Mehrwertsteuer zusätzlich.

⑦

7.
Honorarabrechnung und Zahlung erfolgen halbjährlich zum 30. Juni und zum 31. Dezember innerhalb der auf den Stichtag folgenden 3 Monate.
oder:
Honorarabrechnung und Zahlung erfolgen zum 31. Dezember jedes Jahres innerhalb der auf den Stichtag folgenden drei Monate. Der Verlag leistet dem Autor entsprechende Abschlagszahlungen, sobald er Guthaben von mehr als DM .... feststellt.

8.
Der Verlag ist verpflichtet, einem vom Autor beauftragten Wirtschaftsprüfer, Steuerberater oder vereidigten Buchsachverständigen zur Überprüfung der Honorarabrechnungen Einsicht in die Bücher und Unterlagen zu gewähren.
Die hierdurch anfallenden Kosten trägt der Verlag, wenn sich die Abrechnungen als fehlerhaft erweisen.

9.
Nach dem Tode des Autors bestehen die Verpflichtungen des Verlags nach Absatz 1 bis 8 gegenüber den durch Erbschein ausgewiesenen Erben, die bei einer Mehrzahl von Erben einen gemeinsamen Bevollmächtigten zu benennen haben.

§ 5
Nebenrechtsverwertung

1.
Der Verlag ist verpflichtet, sich intensiv um die Verwertung der ihm eingeräumten Nebenrechte innerhalb der für das jeweilige Nebenrecht unter Berücksichtigung von Art und Absatz der Original-

⑥

Dieser Absatz regelt, daß der Verlag, sofern Sie mehrwertsteuerpflichtig (Umsatzsteuer) sind, zuzüglich zu Ihrem Honorar die Mehrwertsteuer (derzeit 7%) an Sie zahlt.

Lassen Sie diesen Absatz *nie* streichen. Sie wissen nicht, selbst wenn Sie zum Zeitpunkt des Vertragsabschlusses nicht mehrwertsteuerpflichtig sind, wieviel Honoror Ihr Buch einspielen wird. Wird Ihr Buch ein Erfolg, kommen Sie ganz zwangsläufig in die Mehrwertsteuerpflicht.

Noch ein Tip: Achten Sie, wenn Sie ohnehin mehrwertsteuerpflichtig sind oder es aufgrund der Höhe Ihrer zusätzlichen Einnahmen werden, auch bei Honorarabrechnungen darauf, daß Ihnen diese Steuer auch zusätzlich gezahlt wird.

⑦

Greifen Sie hier auf die erste Möglichkeit zurück, die eine Abrechnung und Zahlung des Honorars jeweils zum 30. 6. und zum 30. 12. eines Jahres zusichert.

ausgabe angemessenen Frist zu bemühen und den Autor auf Verlangen zu informieren. Bei mehreren sich untereinander ausschließenden Verwertungsmöglichkeiten wird er die für den Autor materiell und ideell günstige wählen, auch wenn er selbst bei dieser Nebenrechtsverwertung konkurriert.

2.

Verletzt der Verlag seine Verpflichtungen gemäß Absatz 1, so kann der Autor die hiervon betroffenen Nebenrechte – auch einzeln – nach den Regeln des § 41 UrhG zurückrufen; der Bestand des Vertrages im übrigen wird hiervon nicht berührt. DerAutor hat die an ihn zurückgefallenen Nebenrechte, über deren Nutzung innerhalb von .... Monaten ab Rückgabe ein Abschluß nicht zustandekommt, dem Verlag wieder anzubieten, bevor er sie einem Dritten zur Nutzung oder Lizenzvergabe einräumt.

⑧

3.

Der aus der Verwertung der Nebenrechte erzielte Erlös wird zwischen Autor und Verlag geteilt, und zwar erhält der Autor
.......% bei den Nebenrechten des § 2 Absatz 2;
.......% bei den Nebenrechten des § 2 Absatz 3;

(Bei der Berechnung des Erlöses wird davon ausgegangen, daß in der Regel etwaige aus der Inlandsverwertung anfallende Agenturprovisionen und ähnliche Nebenkosten allein auf den Verlagsanteil zu verrechnen, für Auslandsverwertung anfallende Nebenkosten vom Gesamterlös vor Aufteilung abzuziehen sind.)
Soweit Nebenrechte durch Verwertungsgesellschaften wahrgenommen werden, richten sich die Anteile von Verlag und Autor nach deren satzungsgemäßen Bestimmungen.

4.

Für Abrechnung und Fälligkeit gelten die Bestimmungen von § 4 Absatz 7, 8 und 9 entsprechend.

§ 6

Manuskriptablieferung

1.

Der Autor verpflichtet sich, dem Verlag das vollständige und vervielfältigungsfähige (nicht: maschinenlesbare) Manuskript mit Maschine geschrieben einschließlich etwa vorgesehener und vom

⑧

Vereinbaren Sie, wie schon an anderer Stelle (Honorar) erwähnt, mindestens 50 Prozent des durch Nebenrechte erzielten Erlöses für sich.

Autor zu beschaffender Bildvorlagen bis spätestens .... /binnen .... zu übergeben.
Wird diese(r) Termin/Frist nicht eingehalten, gilt als angemessene Nachfrist im Sinne des § 30 Verlagsgesetz ein Zeitraum von .... Monaten.
Der Autor behält eine Kopie des Manuskripts bei sich.

2.

Das Manuskript bleibt Eigentum des Autors und ist ihm vom Verlag nach Erscheinen des Werkes auf Verlangen zurückzugeben.

§ 7

Freiexemplare

1.

Der Autor erhält für seinen eigenen Bedarf .... Freiexemplare. Bei der Herstellung von mehr als .... Exemplaren erhält der Autor .... weitere Freiexemplare und bei der Herstellung von mehr als .... Exemplaren .... weitere Freiexemplare.

⑨

2.

Darüber hinaus kann der Autor Exemplare seines Werkes zu einem Höchstrabatt von .... % vom Ladenpreis vom Verlag beziehen.

3.

Sämtliche gemäß Absatz 1 oder 2 übernommenen Exemplare dürfen nicht weiterverkauft werden.

§ 8

Satz, Korrektur

1.

Die erste Korrektur des Satzes wird vom Verlag oder von der Druckerei vorgenommen. Der Verlag ist sodann verpflichtet, dem Autor in allen Teilen gut lesbare Abzüge zu übersenden, die der Autor unverzüglich honorarfrei korrigiert und mit dem Vermerk »druckfertig« versieht; durch diesen Vermerk werden auch etwaige Abweichungen vom Manuskript genehmigt.
Abzüge gelten auch dann als »druckfertig«, wenn sich der Autor nicht innerhalb angemessener Frist nach Erhalt zu ihnen erklärt hat.

⑨

Als Autorenrabatt sollten Sie sich mindestens 40 Prozent aushandeln.

2.

Nimmt der Autor Änderungen im fertigen Satz vor, so hat er die dadurch entstehenden Mehrkosten – berechnet nach dem Selbstkostenpreis des Verlages – insoweit zu tragen, als sie 10% der Satzkosten übersteigen. Dies gilt nicht für Änderungen bei Sachbüchern, die durch Entwicklungen der Fakten nach Ablieferung des Manuskripts erforderlich geworden sind.

§ 9

Lieferbarkeit, veränderte Neuauflagen

1.

Wenn die Verlagsausgabe des Werkes vergriffen ist und nicht mehr angeboten und ausgeliefert wird, ist der Autor zu benachrichtigen. Der Autor ist dann berechtigt, den Verlag schriftlich aufzufordern, sich spätestens innerhalb von 3 Monaten nach Eingang der Aufforderung zu verpflichten, innerhalb einer Frist von .... Monat(en)/Jahr(en) nach Ablauf der Dreimonatsfrist eine ausreichende Anzahl weiterer Exemplare des Werkes herzustellen und zu verbreiten.
Geht der Verlag eine solche Verpflichtung nicht fristgerecht ein oder wird die Neuherstellungsfrist nicht gewahrt, ist der Autor berechtigt, durch schriftliche Erklärung von diesem Verlagsvertrag zurückzutreten. Bei Verschulden des Verlages kann er stattdessen Schadensersatz wegen Nichterfüllung verlangen.
Der Verlag bleibt im Falle des Rückrufs zum Verkauf ihm danach (z. B. aus Remissionen) noch zufließender Restexemplare innerhalb einer Frist von .... berechtigt; er ist verpflichtet, dem Autor die Anzahl dieser Exemplare anzugeben und ihm die Übernahme anzubieten.

2.

Der Autor ist berechtigt und, wenn es der Charakter des Werkes erfordert, auch verpflichtet, das Werk für weitere Auflagen zu überarbeiten; wesentliche Veränderungen von Art und Umfang des Werkes bedürfen der Zustimmung des Verlages. Ist der Autor zu der Bearbeitung nicht bereit oder nicht in der Lage oder liefert er die Überarbeitung nicht innerhalb einer angemessenen Frist nach Aufforderung durch den Verlag ab, so ist der Verlag zur Bestellung eines anderen Bearbeiters berechtigt. Wesentliche Änderungen des Charakters des Werkes bedürfen dann der Zustimmung des Autors.

§ 10

Verramschung, Makulierung

1.

Der Verlag kann das Werk verramschen, wenn der Verkauf in zwei aufeinanderfolgenden Kalenderjahren unter .... Exemplaren pro Jahr gelegen hat. Am Erlös ist der Autor in Höhe seines sich aus § 4 Absatz 2 ergebenden Grundhonorarprozentsatzes beteiligt.

2.

Erweist sich auch ein Absatz zum Ramschpreis als nicht durchführbar, kann der Verlag die Restauflage makulieren.

3.

Der Verlag ist verpflichtet, den Autor von einer beabsichtigten Verramschung bzw. Makulierung vorher zu informieren. Der Autor hat das Recht, durch einseitige Erklärung die noch vorhandene Restauflage bei beabsichtigter Verramschung zum Ramschpreis abzüglich des Prozentsatzes seiner Beteiligung und bei beabsichtigter Makulierung unentgeltlich – ganz oder teilweise – ab Lager zu übernehmen. Bei beabsichtigter Verramschung kann das Übernehmerecht nur bezüglich der gesamten noch vorhandenen Restauflage ausgeübt werden.

4.

Das Recht des Autors, im Falle der Verramschung oder Makulierung vom Vertrag zurückzutreten, richtet sich nach den §§ 32, 30 Verlagsgesetz.

§ 11

Rezensionen

Der Verlag wird bei ihm eingehende Rezensionen des Werkes innerhalb des ersten Jahres nach Ersterscheinen umgehend, danach in angemessenen Zeitabständen dem Autor zur Kenntnis bringen.

§ 12

Urheberbenennung, Copyright-Vermerk

1.

Der Verlag ist verpflichtet, den Autor auch ohne dessen ausdrückliche Anweisung in angemessener Weise als Urheber des Werkes auszuweisen.

2.

Der Verlag ist verpflichtet, bei der Veröffentlichung des Werkes den Copyright-Vermerk im Sinne des Welturheberrechtsabkommens anzubringen. Er hat das Recht, das amerikanische Copyright zu erwerben.

§ 13

Änderungen der Eigentums- und Programmstrukturen des Verlages

1.

Der Verlag ist verpflichtet, dem Autor anzuzeigen, wenn sich in seinen Eigentums- oder Beteiligungsverhältnissen eine wesentliche Veränderung ergibt.
Eine Veränderung ist wesentlich, wenn
a) der Verlag oder Verlagsteile veräußert werden;
b) sich in den Beteiligungsverhältnissen einer den Verlag betreibenden Gesellschaft gegenüber den Verhältnissen zum Zeitpunkt dieses Vertragsabschlusses Veränderungen um mindestens 25% der Kapital- oder Stimmrechtsanteile ergeben haben.
Wird eine Beteiligung an der den Verlag betreibenden Gesellschaft von einer anderen Gesellschaft gehalten, gelten Veränderungen in deren Kapital- oder Stimmrechtsverhältnissen als solche des Verlages, wobei der Prozentsatz der Veränderungen entsprechend der Beteiligung dieser Gesellschaft an der Verlagsgesellschaft umzurechnen ist.

2.

Der Autor ist berechtigt, durch schriftliche Erklärung gegenüber dem Verlag von etwa bestehenden Optionen oder von Verlagsverträgen über Werke, deren Herstellung der Verlag noch nicht begonnen hat, zurückzutreten, wenn sich durch eine Veränderung gemäß Absatz 1 oder durch Änderung der über das Verlagsprogramm entscheidenden Verlagsleitung eine so grundsätzliche Veränderung des Verlagsprogramms in seiner Struktur und Tendenz ergibt, daß dem Autor nach der Art seines Werkes und unter Berücksichtigung des bei Abschluß dieses Vertrages bestehenden Verlagsprogramms ein Festhalten am Vertrag nicht zugemutet werden kann.

3.

Das Rücktrittsrecht kann nur innerhalb eines Jahres nach Zugang der Anzeige des Verlages gemäß Absatz 1 ausgeübt werden.

§ 14

Schlußbestimmungen

1.

Soweit dieser Vertrag keine Regelungen enthält, gelten die allgemeinen gesetzlichen Bestimmungen des Rechts der Bundesrepublik Deutschland.

Die Nichtigkeit oder Unwirksamkeit einzelner Bestimmungen dieses Vertrages berührt die Gültigkeit der übrigen Bestimmungen nicht. Die Parteien sind alsdann verpflichtet, die mangelhafte Bestimmung durch eine solche zu ersetzen, deren wirtschaftlicher und juristischer Sinn dem der mangelhaften Bestimmung möglichst nahekommt.

2.

Die Parteien erklären, Mitglieder bzw. Wahrnehmungsberechtigte folgender Verwertungsgesellschaften zu sein:

Der Autor:

Der Verlag:

...., den ....

....

(Autor) (Verlag)

Hinweise für Bildautoren

Außer mit dem Wort arbeiten eine ganze Reihe von Autoren auch mit Fotomaterial. Die Fotos werden textergänzend oder allein zur Illustration eingesetzt.

Auch in diesem Gebiet gibt es eine Reihe von Grundlagen, Fakten und Gesetzen, die Sie, sofern Sie Fotos einsetzen, kennen müssen. In diesem Buch soll zwar nur am Rande, jedoch sehr dringend darauf hingewiesen werden, daß es absolut notwendig ist, sich hier grundlegend zu informieren.

Neben Fragen des Urheberrechtes im Bereich der Fotografie stellen sich insbesondere auch Fragen zum ›Recht am eigenen Bild‹ wie zu Verträgen, Honoraren etc.

Regelungen hierzu finden sich im ›Gesetz über Urheberrecht und verwandte Schutzrechte‹ sowie im ›Gesetz betreffend das Urheberrecht an Werken der Bildenden Kunst und Fotografie‹.

Hierzu zwei Buchtips:

Riedel, Hermann: *Fotorecht in der Praxis.* 4., neubearbeitete Auflage 1988. Photo Technik International. DM 49,–

Rauch, Friedrich: *Publizistische Fotografie – Recht und Geschäft.* Presse Informations Agentur GmbH, 1979. DM 27,–

Wie bereits an anderer Stelle erwähnt (siehe Kapitel ›Honorare‹, S. 87–92), sind Fotohonorare im Normalfall nicht gerade fürstlich. So wird z. B. eine Buchillustration in Schwarzweiß bei einer Auflage von 3000 Stück kaum mehr als 80 DM pro Bild einbringen.

Literaturzeitschriften, in denen ebenfalls Fotos veröffentlicht werden, zahlen nur in den seltensten Fällen Honorar.

Detaillierte Honorarempfehlungen für alle denkbaren Arbeits- und Publikationsbereiche eines Bildautoren, bzw. Fotografen, finden Sie in der Broschüre *Bildhonorare – Empfehlungen der Mittelstandgemeinschaft Foto-Marketing* –. Diese erhalten Sie beim BVPA (Bundesverband Pressebild-Agenturen), Bundesallee 32, 10717 Berlin gegen eine Schutzgebühr von 15 DM. Hier finden Sie weiterführende Informationen über Honorarzuschläge (z. B. bei Einräumung von Exklusivrechten, Sperrfristen und im Fall des unterlassenen Bildquellennachweises etc.) sowie über Honorarnachlässe (bei wiederholtem Abdruck, Neuauflagen etc.).

Abschließend möchte ich das *Handbuch für Fotografen* (Grafenstein-Verlag, München, ISBN 3-924322-18-X, 28 DM) empfehlen, das Adressen von Fotogalerien, Bildagenturen, Lokal- und Werberedaktionen etc. nennt und Auskunft gibt über Ausbildungswege, Musterverträge, Stadtfotografen und vieles mehr.

Natürlich gibt es eine Flut anderer Publikationen zu diesem Thema. Ich habe die herausgesucht, die mir praxisnah und übersichtlich erschienen.

Steuern

Detaillierte steuerliche Hinweise oder Ausführungen würden den Rahmen dieses Buches sprengen – ist doch allseits bekannt, wie kompliziert und verworren unsere Steuergesetze und -vorschriften sind.

Sie sollten aber, sobald Sie Einnahmen aus einer schriftstellerischen Tätigkeit erzielen, prüfen oder prüfen lassen, inwieweit Sie damit steuerpflichtig sind. Insbesondere können bei derartigen Einnahmen folgende Steuerarten fällig werden: Umsatzsteuer, Einkommensteuer, Gewerbesteuer.

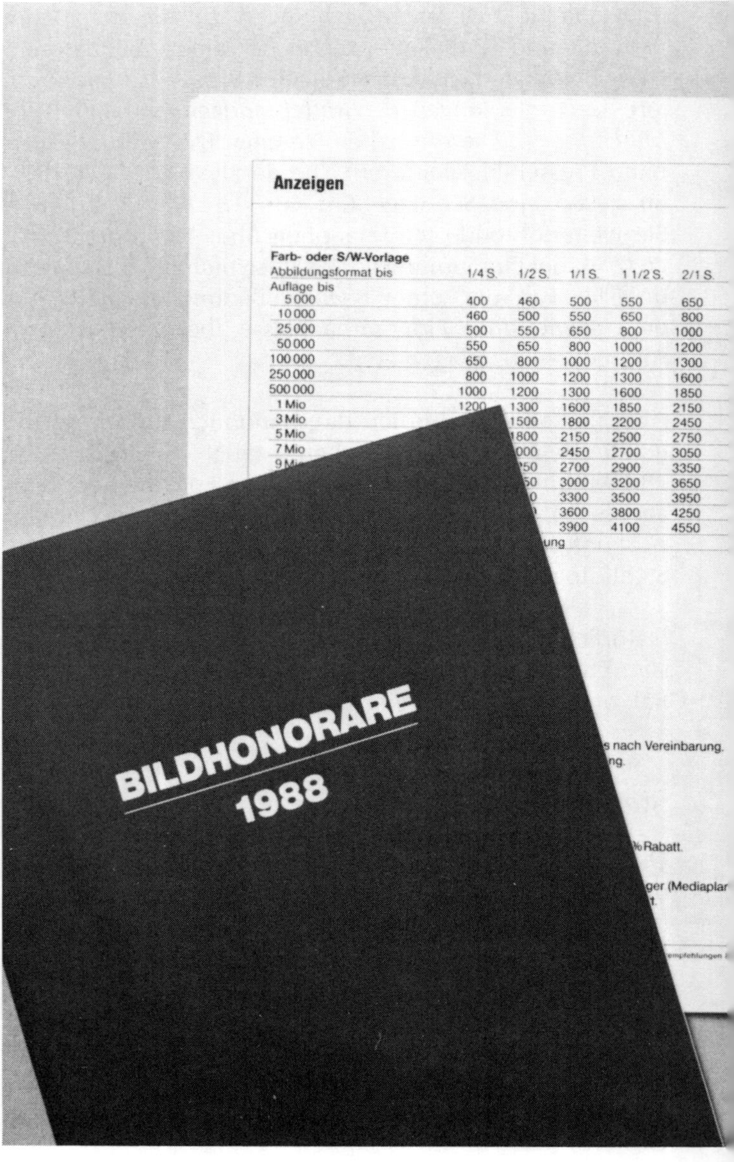
Anzeigen
Farb- oder S/W-Vorlage
Abbildungsformat bis 1/4 S. 1/2 S. 1/1 S. 1 1/2 S. 2/1 S.
Auflage bis
5 000 400 460 500 550 650
10 000 460 500 550 650 800
25 000 500 550 650 800 1000
50 000 550 650 800 1000 1200
100 000 650 800 1000 1200 1300
250 000 800 1000 1200 1300 1600
500 000 1000 1200 1300 1600 1850
BILDHONORARE
1988

Prospekte, Firmenbroschüren, Kataloge, Versandkataloge

Farb- oder S/W-Vorlage

Abbildung bis DIN A	7	6	5	4	3	Titel
2 000	230	250	290	330	380	mindestens
5 000	250	280	320	370	420	doppelter
10 000	270	310	360	420	470	1/1-Seitenpreis
25 000	300	340	410	470	520	
50 000	340	390	460	520	570	
100 000	390	440	510	570	640	
250 000	440	490	560	640	720	
500 000	490	590	610	720	840	
1 Mio	600	650	720	840	960	
2 Mio	700	750	820	940	1060	
3 Mio	800	850	920	1040	1160	
4 Mio	900	950	1020	1150	1260	
5 Mio	1100	1150	1200	1250	1360	
6 Mio	1200	1250	1300	1350	1460	
7 Mio	1300	1350	1400	1450	1560	
8 Mio	1450	1500	1550	1600	1700	
9 Mio	1550	1600	1650	1700	1800	
10 Mio	1650	1750	1800	1900	2000	
Darüber	nach Vereinbarung					

Frontseiten von Werbepostkarten (Mailings) werden wie Prospekttitel der jeweiligen Größe berechnet.

Zuschläge:
- Außergewöhnliche und/oder kostenintensive Aufnahmen: Aufpreis nach Vereinbarung.
- Exklusivrechte und Sperrfristen: Aufpreis nach Vereinbarung.
- Aufnahmen mit 1 – 2 Fotomodellen: plus 25%, ab 3 plus 50%
- Luftaufnahmen: plus 100%
- Unterlassener Bildquellennachweis: plus 100%

Nachlässe:
- Fotocollagen von vier und mehr Fotos eines Bildlieferanten: 20% Rabatt auf das auflagen- und formatbezogene Honorar.
- Wiederholter Abdruck in derselben Ausgabe: 50% Rabatt auf das Honorar des kleineren Abbildungsformates.

Sonstiges:
- Bearbeitungskosten werden gesondert berechnet.

So lästig die Beschäftigung mit dieser Materie auch erscheinen mag, sie ist notwendig, wenn Sie nicht Nachteile riskieren wollen. Zum einen befreit Sie eine Klärung Ihrer Situation von der Gefahr einer Steuernachzahlung oder des Steuerbetrugvorwurfes; zum anderen können Sie für den schriftstellerischen Bereich Kosten für Arbeitsmittel, Büro, Reisen etc. absetzen.

So können zum Beispiel eine Reise oder ein Fachbuch steuerlich geltend gemacht werden, wenn diese (nachweisbar!) im Zusammenhang mit Ihrer schriftstellerischen Arbeit stehen. Das A und O ist zunächst einmal, über Kosten aus diesem Bereich Belege zu sammeln. Diese werden dann Sie oder Ihr Steuerberater zuordnen müssen. Ich bin mir bewußt darüber, daß es viele Menschen gibt, denen beim bloßen Gedanken an ›Papierkrieg‹ die Haare zu Berge stehen; trotzdem kann ich nur dringend empfehlen, diese Dinge sorgsam zu behandeln. Tun Sie das nicht, kann es unter Umständen unangenehme Folgen haben. Und unangenehm werden diese Folgen kaum für das Finanzamt sein.

Wer keinen Steuerberater bemühen (und bezahlen) möchte, obschon sich das – gerade bei höheren Einnahmen – allemal lohnt, dem sei ein Fachbuch zu diesem Gebiet empfohlen, das mir wegen seiner erstklassigen Verständlichkeit aufgefallen ist: Jörg Giloy, *Die Steuern des Künstlers,* erschienen im Forkel Verlag Wiesbaden. Preis 29,50 DM (übrigens auch absetzbar!). Hier finden Sie Abhandlungen und Information zu Fragen der Lohn- und Einkommensteuer, der Kirchensteuer, Umsatz-, Gewerbe-, Vermögens- und Erbschaftssteuer, sowie Auskünfte über Sparförderung und Vermögensbildung. Wichtig – damit Sie sich in dieser Beziehung richtig einordnen können: das ABC der selbständigen und nichtselbständigen Künstler, das am Ende dieses Kapitels mit freundlicher Genehmigung des Forkel Verlages abgedruckt ist.

Gerade auch für den Fall, daß Sie Ihr Buch im Eigenverlag drucken wollen oder gedruckt haben, ist es notwendig, sich um steuerliche Belange zu kümmern. So müssen Sie z. B. für alle Einnahmen aus Druckwerken (Honorare, Verkauf etc.) nur 7 Prozent Umsatzsteuer abführen; für alle andere Einnahmen (Lesungshonorar) 15 Prozent.

ABC der selbständigen und nichtselbständigen Künstler

Ansager sind nichtselbständig.

Architekten sind regelmäßig selbständig, sofern sie ›eigenunternehmerisch‹ tätig sind.

Arrangeure bei Hörfunk und Fernsehen sind regelmäßig selbständig.

Artisten sind regelmäßig nichtselbständig (siehe auch Abschnitt 23 Abs. 1 Nr. 1 LStR); sie können als Gast außerhalb eines Ensembles oder einer Gruppe selbständig sein.

Autoren sind regelmäßig selbständig.

Ballettmeister sind regelmäßig nichtselbständig.

Ballettrepetitoren sind regelmäßig nichtselbständig; siehe auch Abschnitt 23 Abs. 1 Nr. 2 b LStR.

Ballettänzer sind regelmäßig nichtselbständig; siehe auch Abschnitt 23 Abs. 1 Nr. 2 b LStR.

Bauchredner → Artisten; siehe auch Abschnitt 23 Abs. 1 Nr. 1 d LStR.

Berichterstatter können selbständig sein, wenn sie Beiträge ohne vorherige vertragliche Verpflichtung liefern.

Bildberichterstatter können selbständig oder nichtselbständig sein (BFH 10. 12. 1964, BStBl. 1965 III S. 114).

Bildhauer können wie Architekten selbständig sein.

Bühnenbildner können wie Architekten oder Bildhauer selbständig sein.

Choreographen sind regelmäßig selbständig, sofern sie nicht – wie bei einer Filmproduktion – in den Organismus des Unternehmens eingegliedert sind.

Chorleiter können selbständig sein, wenn sie Träger des Chores oder Arbeitgeber der Mitglieder des Chores sind oder wenn sie als Gast mitwirken.

Chorsänger können bei Gastspieltätigkeit selbständig sein; → Opern-, → Operetten-, → Oratoriensänger.

Darstellende Künstler sind – soweit sie spielzeitverpflichtet sind – nichtselbständig tätig; soweit sie gastspielverpflichtet sind, werden sie regelmäßig selbständig tätig.

Darsteller → Darstellende Künstler.

Dirigenten können wie → Chorleiter selbständig sein.

Disc-Jockeys sind regelmäßig nichtselbständig; siehe auch Artisten und Abschnitt 23 Abs. 1 Nr. 1 a LStR.

Diskussionsleiter sind regelmäßig selbständig.

Dolmetscher sind regelmäßig selbständig.

Dresseure (Dressurnummern) → Artisten.

Fachberater sind regelmäßig selbständig.

Fernsehcutter sind regelmäßig nichtselbständig; siehe auch Abschnitt 23 Abs. 1 Nr. 2 b LStR.

Filmarchitekten sind regelmäßig selbständig (FG München 17. 12. 1956, EDStZ 1957 S. 398).

Filmautoren → Autoren.

Filmhersteller können bei gestaltender und bestimmender Mitwirkung (künstlerisch) selbständig sein (BFH 2. 10. 1980, BStBl. 1981 II S. 170).

Filmkomponisten sind wie → Autoren oder → Filmautoren regelmäßig selbständig.

Fotografen können wie → Architekten selbständig sein.

Freie Mitarbeiter bei Hörfunk und Fernsehen sind zwar nichtselbständig; sie können aber, sofern sie in dem sog. Negativ-Katalog aufgeführt sind, selbständig sein.

Gebrauchsgrafiker können (künstlerisch) selbständig sein (BFH 11. 7. 1960, BStBl. III S. 453).

Gesprächsteilnehmer sind selbständig.

Grafiker sind wie → Architekten regelmäßig selbständig.

Hellseher sind regelmäßig gewerblich tätig (BFH 30. 3. 1976, BStBl. II S. 464); sie können aber als → Darstellende Künstler selbständig sein (siehe aber auch Abschnitt 23 Abs. 1 Nr. 1 LStR).

Humoristen können als → Darstellende Künstler selbständig sein.

Imitatoren → Artisten; siehe auch Abschnitt 23 Abs. 1 Nr. 1 d LStR.

Inspizienten sind nichtselbständig; siehe auch Abschnitt 23 Abs. 1 Nr. 2 b LStR.

Interviewpartner sind wie Gesprächsteilnehmer regelmäßig selbständig.

Jongleure → Artisten, siehe auch Abschnitt 23 Abs. 1 Nr. 1 h LStR.

Journalisten können als Manuskriptschreiber, Spielleiter oder Sprecher bei Hörfunk und Fernsehen selbständig sein; anders als Sprecher bei Werbesendungen (BFH 3. 2. 1977, BStBl. II S. 459); siehe auch Abschnitt 23 Abs. 1 Nr. 4 LStR.

Kameraleute können entweder (künstlerisch) selbständig sein (BFH 7. 3. 1974, BStBl. II S. 383); sie können aber auch nichtselbständig sein (BFH 6. 10. 1971, BStBl. 1972 II S. 88).

Komiker → Artisten; siehe auch Abschnitt 23 Abs. 1 Nr. 1 c LStR.

Kommentatoren sind als freie Mitarbeiter regelmäßig selbständig.

Komponisten sind wie → Autoren regelmäßig selbständig.

Korrespondenten können wie → Journalisten selbständig sein.

Kostümbildner sind als künstlerisch-technische Mitarbeiter regelmäßig nichtselbständig; siehe auch Abschnitt 23 Abs. 1 Nr. 2 b LStR.

Kunsthandwerker können hinsichtlich der Herstellung von Einzelstücken (künstlerisch) selbständig sein (BFH 26. 9. 1968, BStBl. 1969 II S. 70).

Kunstmaler sind wie → Maler regelmäßig selbständig.

Liedsänger → Opern-, → Operetten-, → Oratoriensänger.

Lektoren sind als freie Mitarbeiter regelmäßig selbständig.

Maler sind auch bei Verkauf des selbstgemalten Bildes selbständig, sofern unterschiedliche Motive ohne Schablone dargestellt werden und keine Mitarbeiter mithelfen (BFH 14. 8. 1980, BStBl. 1981 II S. 21).

Maskenbildner → Kostümbildner.

Modeschöpfer können als Modeberater (künstlerisch) selbständig sein (BFH 2. 10. 1968, BStBl. 1969 II S. 138).

Möbelzeichner → Modezeichner.

Musicalsänger → Opern-, → Operetten-, → Oratoriensänger.

Musikalakteure → Artisten; siehe auch Abschnitt 23 Abs. 1 Nr. 1 e LStR.

Musikalische Leiter können wie → Chorleiter selbständig sein.

Musiker sind regelmäßig nichtselbständig (Abschnitt 23 Abs. 3 LStR).

Opernsänger können bei mehrtägiger Gastspieltätigkeit selbständig sein (BFH 24. 5. 1973, BStBl. II S. 636).

Operettensänger → Opernsänger.

Oratoriensänger → Opernsänger; ob ein Künstler als Solist in einem Chor auftritt, spielt keine entscheidende Rolle.

Quizmaster können als freie Mitarbeiter selbständig sein.

Realisatoren bei Rundfunk und Fernsehen können, sofern der urheberrechtliche Anteil der Leistung überwiegt, selbständig sein.

Regieassistenten → Regisseure.

Regisseure sind wie → Regieassistenten bei Film- und Fernsehproduktionen nichtselbständig; siehe Abschnitt 23 Abs. 1 Nr. 2 LStR.

Reisejournalisten können (schriftstellerisch) selbständig sein (BFH 22. 11. 1979, BStBl. 1980 II S. 152).

Restauratoren können (künstlerisch) selbständig sein (BFH 21. 6. 1944, RStBl. S. 772); anders bei Reparaturen von Gebrauchsgegenständen (FG Düsseldorf 25. 9. 1967 EDStZ S. 492).

Rundfunksprecher sind in der Regel nichtselbständig (BFH 20. 6. 1962, BStBl. III S. 385 und 24. 10. 1963, BStBl. III S. 589).

Sänger der Unterhaltungsmusik können als Gastspielverpflichtete → Darstellende Künstler selbständig sein.

Schauspieler können – soweit gastspielverpflichtet – als → Darstellende Künstler selbständig sein; im Rahmen einer Film- oder Fernsehproduktion sind sie regelmäßig nichtselbständig.

Schnellmaler → Artisten; siehe auch Abschnitt 23 Abs. 1 Nr. 1 e LStR.

Schriftsteller sind regelmäßig selbständig; zur Abgrenzung zur journalistischen Tätigkeit (BFH 4. 2. 1971, BStBl. II S. 483).

Solisten (Gesang, Musik, Tanz) sind regelmäßig nichtselbständig; als gastspielverpflichtete Künstler sind sie regelmäßig selbständig.

Souffleure sind nichtselbständig; siehe auch Abschnitt 23 Abs. 1 Nr. 2 b LStR.

Sprecher sind nichtselbständig; siehe auch Abschnitt 23 Abs. 1 Nr. 2 b LStR.

Synchronregisseure → Synchronsprecher.

Übersetzer der Weltliteratur – insbesondere Lyrik – können (schriftstellerisch) selbständig sein (BFH 30. 10. 1975, BStBl. 1976 II S. 192).

Werbeschriftsteller können u. U. (schriftstellerisch) selbständig sein (BFH 14. 5. 1958, BStBl. III S. 316).

Zauberkünstler → Artisten – siehe auch Abschnitt 23 Abs. 1 Nr. 1 f LStR.

Die Verwertungsgesellschaft Wort (VG WORT)

Die 1958 gegründete Verwertungsgesellschaft WORT nimmt treuhänderisch die Nutzungsrechte von Autoren und Verlegern wahr, die durch einzelne nicht wahrgenommen werden können. Hierbei handelt es sich um die Nutzungsrechte von Rundfunk und Fernsehen, bei Videokassettenvermietung, Abdruck von Texten in Schulbüchern, Fotokopieren und um Bibliothekstantiemen und Lesezirkelvergütungen.

Ein Teil der Ausschüttungen findet automatisch statt; für einen anderen Teil müssen die Wahrnehmungsberechtigten das Meldeverfahren beachten, also selbst anmelden. Hierfür können Meldezettel bei der VG WORT angefordert werden (Meldekarte für Lesezirkelvergütung/ Meldebogen für Schallplatte und Kassette sowie Meldekarte Hörfunk/TV und Buchbeitrag bzw. Zeitschriftenbeitrag).

Es bestehen zwei Möglichkeiten, der VG WORT anzugehören, entweder als Wahrnehmungsberechtigter oder als Mitglied.

Wahrnehmungsberechtigter kann jeder werden, der über Rechte verfügt, die im Wahrnehmungsvertrag (Originalabdruck siehe S. 131) aufgeführt sind, und der deutscher Staatsbürger ist bzw. seinen ständigen Wohnsitz in der BRD hat.

Der Abschluß dieses Vertrages ist kostenfrei und zieht keine Folgekosten nach sich. Die Verwaltungskosten der VG WORT werden vom Gesamtaufkommen abgezogen.

Die Mitgliedschaft stellt besondere Bedingungen und kostet die Autoren 20 DM, Verlage 100 DM Jahresbeitrag. Eine Bevorzugung bei der Ausschüttung erwirbt ein Mitglied gegenüber einem Wahrnehmungsberechtigten nicht, jedoch ist es über die Mitgliederversammlung berechtigt, die Tätigkeit der VG WORT mitzugestalten.

Die VG WORT nimmt derzeit Rechte von mehr als 110 000 Autoren und 3500 Verlagen wahr. 1988 erreichten die Einnahmen ein Gesamtaufkommen von 59,25 Millionen DM.

Die Wahrnehmungsberechtigten können 6 Berufsgruppen angehören:

1 Autoren und Übersetzer schöngeistiger und dramatischer Literatur.
2 Journalisten, Autoren und Übersetzer von Sachliteratur.

3 Autoren und Übersetzer von wissenschaftlicher Fachliteratur.
4 Verleger von schöngeistigen Werken und Sachliteratur.
5 Bühnenverleger.
6 Verleger von wissenschaftlichen Werken und von Fachliteratur.

Darüber hinaus sind der VG WORT drei weitere Institutionen angegliedert, die ihren Arbeitsbereich auf sozialem Sektor haben. Diese Einrichtungen werden von Teilen des Gesamtaufkommens getragen.

1. **Das Autorenversorgungswerk**

Hier hinein fließt die Hälfte der Nettoeinnahmen aus der Bibliothekstantieme. Freiberufliche Autoren, die Wahrnehmungsberechtigte der VG WORT sind, können aus diesem Fonds Zuschüsse zur gesetzlichen Rentenversicherung oder zu einer privaten Altersversorgung wie auch für eine private Zusatzkrankenversicherung erhalten.

Über die Bedingungen zu Gewährung der Zuschüsse informiert die VG WORT auf Anfrage. Für die Bezuschussung gelten folgende Höchstsätze:

Altersversorgung 350 DM monatlich
Krankenversicherung 100 DM monatlich.

2. **Finanzielle Unterstützung in Notsituationen für Autoren (Sozialfonds)**

In diese Sozialfonds fließen derzeit 10 Prozent des Gesamtaufkommens der VG WORT. Der Fonds kann von Autoren *und deren Hinterbliebenen* in Notsituationen in Anspruch genommen werden. Es muß allerdings ein nachweisbarer sozialer Härtefall vorliegen. Auch hier informiert die VG WORT über Einzelheiten.

3. **Förderungs- und Beihilfefonds Wissenschaft der VG WORT GmbH**

Dieser Fonds gliedert sich in zwei Bereiche:

a) können Unterstützungen für in Not geratene Urheber und Verleger von wissenschaftlichen Werken, ebenso für deren Hinterbliebene gewährt werden,

b) gibt es den Förderungsfonds, aus dem Zuschüsse für die erstmalige Veröffentlichung von Forschungszwecken dienenden wissenschaftlichen Werken beantragt werden können.

Auch hier gibt es Richtlinien über die Vergabe. Detailliertere Informationen zu allen Bereichen können von der VG WORT eingeholt werden, die Ihnen auch den als Muster abgebildeten Vertrag auf Anforderung zusendet.

Adressen der Verwertungsgesellschaften

für die Bundesrepublik Deutschland:

VG WORT
Goethestraße 49, 80336 München
Clara-Zetkin-Straße 105, 10117 Berlin

VG Bild + Kunst
Poppelsdorfer Allee 43, 53113 Bonn

für Österreich:

Literar Mechana
Linke Wienzeile 18, A-1060 Wien 6

für die Schweiz:

Prolitteris-Teledrama
Universitätsstraße 96, CH-8033 Zürich

VG WORT

VERWERTUNGSGESELLSCHAFT WORT · RECHTSFÄHIGER VEREIN KRAFT VERLEIHUNG
Goethestraße 49 · 8000 München 2 · Telefon (089) 51 41 20 · Telefax (089) 5 14 12 58
Büro Berlin: Clara-Zetkin-Straße 105 · O-1080 Berlin · Telefon 2 38 62 59 / 2 29 28 56 · Telefax 2 29 83 32

WAHRNEHMUNGSVERTRAG

Zwischen

dem Urheber ______________________________

____
(Name, Berufsbezeichnung und Geburtsdatum)

____
(Genaue Anschrift)

Pseudonym ______________________________

oder dessen Rechtsnachfolger (Erben) ______________________________

____

— im folgenden Berechtigter genannt —

und

der Verwertungsgesellschaft WORT, Rechtsfähiger Verein kraft Verleihung, Goethestraße 49, 8000 München 2

— im folgenden VG WORT genannt —

wird folgender Vertrag geschlossen:

§ 1

Der Berechtigte überträgt der VG WORT nach Maßgabe von § 2 die folgenden Rechte und Ansprüche zur treuhänderischen Wahrnehmung:

1. Den Vergütungsanspruch für das Vermieten und Verleihen von Vervielfältigungsstücken einschließlich Bild- und Tonträgern (§ 27 UrhG);
2. den Vergütungsanspruch gegen Hersteller und Importeure von Vorrichtungen (Geräten und Trägermaterial), die zur Aufnahme von Funksendungen auf Bild- und Tonträger oder zur Übertragung von einem Bild- und Tonträger auf einen anderen geeignet sind (§ 54 Abs. 1 UrhG);
3. das Recht der öffentlichen Wiedergabe
   a) durch Bild- und Tonträger (§ 21 UrhG)
   b) von Hörfunk- und Fernsehsendungen (§ 22 UrhG);
4. den Vergütungsanspruch für die Vervielfältigung, Verbreitung und öffentliche Wiedergabe von Zeitungsartikeln und Rundfunkkommentaren (§ 49 Abs. 1 S. 2 UrhG);
5. das Recht der Vervielfältigung zum privaten oder sonstigen eigenen Gebrauch im Wege der Fotokopie oder ähnlicher Verfahren einschließlich gesetzlicher Vergütungsansprüche (insbes. Geräte- und Betreiberabgabe gem. § 54 Abs. 2 UrhG), auch soweit nicht nur einzelne Vervielfältigungsstücke hergestellt werden (§§ 53, 54 UrhG);
6. den Vergütungsanspruch für die Aufnahme in Sammlungen für Kirchen-, Schul- oder Unterrichtsgebrauch einschließlich des Rechts, die gesetzlich vorgeschriebene Mitteilung in Empfang zu nehmen (§ 46 Abs. 3 u. 4 UrhG);
7. das Recht zur Sendung (§ 20 UrhG), soweit es sich um die Sendung von nicht mehr als 10 Minuten (Fernsehen) bzw. 15 Minuten (Hörfunk) aus einem verlegten Werk handelt; nicht unter die ‚Kleinen Senderechte' in diesem Sinne fallen szenische oder bildliche Darstellungen und / oder Dramatisierungen sowie Lesungen aus dramatischen Werken;
8. das Recht der Vervielfältigung und Wiedergabe von erstmals in Zeitungen (Zeitungen i. S. von §§ 38 Abs. 3 und 49 UrhG) erschienenen und nur für diese bestimmten Artikeln und erstmals im Rundfunk gesendeten Werken entsprechenden Charakters in bzw. aus dialog- oder abruffähigen EDV-gestützten Datenbanken, Datenverarbeitungs- und Kommunikationssystemen (EDV-Verwertung), sowie in bzw. aus Archiven, die nicht ausschließlich zum eigenen Gebrauch bestimmt sind; der Berechtigte kann das Recht der EDV-Verwertung jederzeit zurückrufen;
9. das Recht des öffentlichen Vortrages eines erschienenen Werkes (§ 19 Abs. 1 UrhG); der Berechtigte behält jedoch die Befugnis, selbst den Vortrag zu veranstalten und, soweit er der VG WORT davon Mitteilung macht, die Genehmigung zu erteilen oder zu versagen;
10. die Rechte an erschienenen Sprachwerken, die mit Einwilligung des Berechtigten vertont wurden, nach Maßgabe des hierfür zwischen der VG WORT und der GEMA abgeschlossenen Vertrags in dessen jeweiliger Fassung;
11. das Recht der öffentlichen Vorführung des Filmwerkes durch technische Einrichtungen (§ 19 Abs. 4 UrhG); der Berechtigte kann jedoch verlangen, daß ihm für einen bestimmten Einzelabschluß mit einem Produzenten das Recht zurückübertragen wird;
12. den Vergütungsanspruch
    a) für die nicht bühnenmäßige, keinem Erwerbszweck dienende und kostenlose öffentliche Wiedergabe eines erschienenen Werkes (§ 52 Abs. 1 UrhG);
    b) für die nicht bühnenmäßige, öffentliche Wiedergabe eines erschienenen Werkes bei einem Gottesdienst oder einer kirchlichen Feier der Kirchen oder Religionsgemeinschaften (§ 52 Abs. 2 UrhG);

Der Börsenverein des Deutschen Buchhandels

1825 wurde der Börsenverein in Leipzig als standesvertretende Organisation der Buchhändler gegründet. 1948 erfolgte die Neugründung mit Sitz in Frankfurt. (Börsenverein des Deutschen Buchhandels e. V., Großer Hirschgraben 17–21, 60311 Frankfurt, Tel. 069/13060).

In diesem Verband sind ca. 3500 Buchhandlungen, ca. 80 Zwischenbuchhandlungen und über 2000 Verlage organisiert.

Verdienste des Börsenvereins sind insbesondere die Durchsetzung der Preisbindung für Bücher sowie der (bisher gültige) halbe Mehrwertsteuersatz für die Ware Buch.

Der Börsenverein (Ausstellungs- und Messe GmbH) organisiert seit 1949 die Internationale Buchmesse in Frankfurt sowie weitere Ausstellungen bzw. Ausstellungsteilnahme seiner Mitglieder weltweit (siehe Kapitel ›Internationale Buchmesse in Frankfurt‹, S. 17).

Verlegt werden Fachpublikationen sowie das *Börsenblatt für den Deutschen Buchhandel* (Fachzeitschrift für Buchhandel und Verlage), das *Buchjournal* (mit einer Auflage von ca. 500 000 Stück werden Neuerscheinungen vorgestellt und kostenlos in Buchhandlungen ausgelegt), das *Verzeichnis lieferbarer Bücher (VlB)* und das *Adreßbuch für den deutschsprachigen Buchhandel* (Publikationen, mit denen Buchhandlungen und Bibliotheken nahezu täglich arbeiten.)

Titelschutz

Mit der enormen Anzahl der Neuerscheinungen auf dem Büchermarkt wächst auch die Zahl der Titel, für die bereits Titelschutz angemeldet wurde, d. h. also, die für einen Verlag oder Autor reserviert sind und nicht ohne weiteres von Zweiten genutzt werden dürfen. Für den

O.GRACKLAUER

VERLAG UND BIBLIOGRAPHISCHE AGENTUR
GEGRÜNDET 1862 IN LEIPZIG

INHABERIN: ROSE M. MEERWEIN, M. A.
REUTERPFAD 6 – 8 D - 1000 BERLIN 33 (GRUNEWALD) TELEFON (030) 825 81 39

O. GRACKLAUER · REUTERPFAD 6 – 8 · D - 1000 BERLIN 33

Wilhelm Heyne Verlag
z. H. Frau Christine Popp
Türkenstr. 5 - 7

8000 München 2

Berlin, 31.3.87 Iv

Sehr geehrte Frau Popp,

haben Sie besten Dank für Ihren Auftrag vom 24.3.87 zur Überprüfung des Titels

Wie finde ich den richtigen Verlag?

Diesen Titel konnten wir in dieser Form in den untenstehenden Verzeichnissen nicht ermitteln. Ihre Titelschutzanzeige im Börsenblatt vom 12.12.86 liegt uns vor. Aus dem Umfeld nennen wir "Wie finde ich meinen Weg","Wie finde ich zu mir selbst", "Wie finde ich pädagogische Literatur", "Wer verlegt was", "Der Autor und sein Verleger".

Unsere Titelüberprüfung berücksichtigt vorliegende Titelschutzanzeigen, die Nationalbibliographie nach 1960 sowie die gängigen Buchhandels- und Zeitschriftenverzeichnisse; Einzelankündigungen, soweit in unserem Archiv enthalten. Druckschriften, die weder mit Pflichtexemplar bei der Dt. Bibliothek gemeldet sind noch Titelschutz in den Fachzeitschriften beantragt haben, entziehen sich unseren Überprüfungsmöglichkeiten.

Wir hoffen, Ihnen hiermit geholfen zu haben, und verbleiben

mit freundlichen Grüßen
O. G R A C K L A U E R

Rose M. Meerwein

Amtsgericht Berlin-Charlottenburg HRA 20591
Berliner Volksbank, Konto 200 117 77, BLZ 100 900 00 · Postgirokonto Berlin West 4825 86 - 108, BLZ 100 100 10

einzelnen ist es hier nicht mehr möglich, sich einen Überblick zu verschaffen, welcher Titel bereits am Markt und geschützt oder aber in Vorbereitung und geschützt und welcher noch frei ist.

Die **Agentur Gracklauer** bietet Titelüberprüfungen an. Gegen erschwingliche Kosten ermittelt man dort, ob der von Ihnen angefragte Titel bereits geschützt ist. Bei einer Bearbeitungsdauer von ca. 3 Wochen zahlen Sie dafür (derzeitiger Tarif) 135,– DM; für eine Bearbeitung in 3 Tagen 200,– DM und für eine Eilbearbeitung innerhalb 24 Std. 245,– DM.

Ich würde Ihnen, gerade im Falle des Eigenverlages, raten, dies auf jeden Fall zu investieren, um Fehlschläge und die Gefahr von Titelschutzprozessen zu verhindern. Geprüft wird der Titel nicht nur auf bereits vorhandene identische, sondern auch auf ähnlich lautende Titel, da die meisten Titelschutzstreitigkeiten sich auf ähnliche und damit möglicherweise verwechselbare Titel beziehen.

Um das besser zu verdeutlichen, finden Sie auf S. 133 das ›Ermittlungsergebnis‹ für den Titel dieses Buches. Neben den Titelüberprüfungen bietet die Agentur Gracklauer (Reuterpfad 6–8, 14193 Berlin, Tel. 030/8258139) weiteren Service wie die Plazierung von eigenen Titelschutzanzeigen, Titelüberwachung u. a.

Um Mißverständnissen vorzubeugen: Es handelt sich hier jedoch weder um eine literarische Agentur noch um einen Verlag. Also bitte keine Manuskripte einsenden!

Die Künstlersozialversicherung

Das Künstlersozialversicherungsgesetz (KSVG), das als Grundgedanken die soziale Absicherung hauptberuflicher Künstler hat, hat es seit seinem Inkrafttreten 1983 schwer gehabt, sich auch praktisch durchzusetzen.

Nicht nur die Künstlersozialkasse in Wilhelmshaven, die mit der anfänglichen Organisation der Durchführung betraut war, hatte Schwierigkeiten. Beide Seiten der

Betroffenen, Künstler wie Verlage, hatten Grund zur Beschwerde. Die gemäß Künstlersozialversicherungsgesetz gemeldeten Personen bildeten schließlich sogar eine ›Schutzgemeinschaft der KSK-geschädigten Autoren‹ und legten beim Petitionsausschuß des Deutschen Bundestages Beschwerde gegen diese Kasse ein.

Gründe dafür gab es reichlich: fehlerhafte Bescheide, ausbleibende Antworten auf Anfragen und Beschwerden sowie erhebliche Bearbeitungsrückstände bei Anträgen und darüber hinaus Liquidationsschwierigkeiten.

Eine Klage der Verlage und des Börsenvereins des deutschen Buchhandels kam hinzu. Diese Verfassungsbeschwerde hielt die ganze ›Angelegenheit Künstlersozialversicherungsgesetz‹ jahrelang im Schwebezustand.

1987 jedoch wurde diese Beschwerde durch das Bundesverfassungsgericht abgelehnt und das Künstlersozialversicherungsgesetz in allen Punkten bestätigt.

Bei der Künstlersozialkasse (Postfach 669 in 26354 Wilhelmshaven) können Sie zunächst einmal feststellen lassen, ob Sie dort versicherungsberechtigt bzw. -pflichtig sind. Da die Abgrenzung der versicherungspflichtigen Personen recht kompliziert ist, müssen Sie zunächst umfangreiche Fragebögen ausfüllen.

Wenn Sie unter den Personenkreis der Versicherungspflichtigen fallen, sich aber anderweitig (privat also) versichern können und wollen, besteht die Möglichkeit der Befreiung von der Versicherungspflicht. Auch hierzu gibt es entsprechende Formulare.

Der Vorteil für Sie: Bisher hatten Künstler, Publizisten usw. ihre Altersversorgung selbst zu zahlen, und dies im vollen Umfange. Jetzt können Sie sich gemäß des Künstlersozialversicherungsgesetzes kranken- und rentenversichern, indem Sie die Hälfte der Versicherungsbeiträge zahlen. Die andere Hälfte wird zu etwa zwei Dritteln aus einer Abgabe der Unternehmen, die künstlerische und publizistische Leistungen verwerten, und zu einem Drittel durch einen Zuschuß des Bundes finanziert.

Künstler oder Publizist im Sinne dieses Gesetzes ist, wer nicht nur vorübergehend erwerbstätig im Bereich der Musik, der darstellenden und bildenden Kunst schafft oder als Schriftsteller, Journalist oder in anderer Weise publizistisch tätig ist. Bei der Künstlersozialkasse können Sie eine Broschüre anfordern, die das ganze Gesetz und die damit verbundenen Auslegungen und praktischen Belange übersichtlich darstellt.

Hier finden Sie detaillierte Auskünfte über die Voraussetzungen zur Versicherungspflicht, Beginn und Ende derselben, Besonderheiten der Rentenversicherung sowie der Krankenversicherung, aber auch Informationen über die Formalitäten, die auf Sie zukommen, wie z. B. Vierteljahresanmeldung, Auskunft- und Meldepflichten, Zahlungsverfahren, Beitragsabrechnungen etc.

Für viele Leser mag dieses Kapitel noch uninteressant sein. Falls Sie sich aber bereits hauptberuflich in diesem Bereich bewegen, ist die erwähnte Broschüre für eine eingehende Information notwendig.

Abschließend möchte ich eine Übersicht über die Berufe geben, die im Sinne des Künstlersozialversicherungsgesetzes für den ›Bereich WORT‹ in Frage kommen:

Schriftsteller, Dichter, Belletrist
Autor für Film, Funk, Bühne, Fernsehen
Lektor
Journalist, Redakteur
Kritiker
wissenschaftlicher Autor, Gutachter
PR-Fachmann
Übersetzer
Vortragstätigkeiten

Portraits

In der folgenden Portraitreihe möchte ich Ihnen Menschen und insbesondere deren Arbeit aus verschiedenen Bereichen der Literaturwelt vorstellen.

Bei der Portraitreihe habe ich insbesondere darauf geachtet, mit der Literaturszene langjährig vertraute und erfahrene Menschen zu befragen, um weitgehend repräsentative und kompetente Aussagen zu finden, die so wenig wie überhaupt möglich subjektiv sind.

Wolfgang Gsell: Die Literatur bleibt auf der Strecke – Das Dilemma der Kleinverlage

Lassen wir zuerst einen Autor zu Wort kommen, der sich in der Szene der Kleinverlage und in der schwierigen Situation wenig bekannter Dichter gut auskennt. **Wolfgang Gsell**, geboren 1955, lebt in Stuttgart, hat einen Lyrikband veröffentlicht und ist in vielen Zeitschriften und Anthologien mit seinen Arbeiten zu finden. Neben Lyrik und Prosa beschäftigt ihn auch die Fotografie. Hauptberuflich ist Wolfgang Gsell im Druckgewerbe tätig.

Seit 1981 ist er aktiv im Literaturbetrieb engagiert. Mit anderen Autoren gründete er eine literarische Arbeitsgruppe in Stuttgart, veranstaltet Lesungen und gibt die Zeitschrift *Einblick* heraus.

Wir trafen uns in Stuttgart, und Wolfgang Gsell faßte seine Eindrücke, Ansichten und Prognosen im nachfolgenden Erfahrungsbericht zusammen:

»Neben der gigantischen Buchindustrie der großen und mittleren Verlage, deren Ausmaß alljährlich bei der Frankfurter Buchmesse sichtbar wird, gibt es die sogenannte Szene der ›Alternativ‹- und Kleinverlage. Wobei der Begriff ›alternativ‹ angesichts seiner abgenutzten Klischeehaftigkeit inzwischen recht verpönt ist. Man will sich jedenfalls nicht mit dem Synonym der Zweitklassigkeit identifizieren, sondern hat das Bestreben nach Opportunität und nach Konkurrenz mit den ›etablierten‹ Verlagen.

In der Tat gelang es auch, durch einige Bestseller in die Phalanx der Publizistikkreise einzubrechen. Doch das sind die seltenen Ausnahmen. Realistisch betrachtet taumeln die meisten Kleinverlage am Rande des Ruins, und jedes Jahr verschwinden etliche der Ein- oder Zwei-Personen-Unternehmen nach drei, vier verlegten Büchern wieder von der Bildfläche. Die prekäre Situation hat viele Ursachen:

1. Monopole. Die marktbeherrschenden Verlage bestimmen das Sortiment in den Buchregalen. Sie regulieren die Modetrends und Bedürfnisse der Leser. So werden Bestseller und literarisch relevante Autoren oftmals künstlich erzeugt.

Gängige Themen und bewährte Schriftsteller werden bis zur Schmerzgrenze ausgeschlachtet.

Ökonomische Kriterien haben Vorrang vor literarischen und ästhetischen Inhalten. Die Förderung von Nachwuchstalenten unterläßt man sträflich. Dadurch hat sich das Buch zum funktionalen Konsum- und Wegwerfartikel entwickelt. (Wobei es hierzu auch immer Ausnahmen gibt.)

2. Abnehmende Leserschaft. Selbst die unglaubliche Zahl von 80 000 bis 90 000 neu herausgegebenen Büchern pro Jahr kann nicht darüber hinwegtäuschen,

daß der Leserkreis ständig schrumpft. Nur Sachbücher bieten noch Gewähr für Umsatzsteigerungen; belletristische, d. h. ›schöngeistige‹ Literatur wird allmählich zur publizistischen Randerscheinung. Innovative, schwer zugängliche oder lyrische Arbeiten ernsthafter Autoren finden allenfalls einen kleinen Leserkreis, der jedoch zu gering für lukrative Geschäfte ist. In den letzten 20 Jahren hat Literatur viel an Boden verloren und ist in der Popularität längst hinter andere Genres wie etwa Filmkunst, Musik etc. gerückt.

3. Der Buchhandel. Beliebte Taschenbuchreihen, Bestseller und Ratgeber füllen das Sortiment der Buchläden. Sie garantieren den notwendigen Umsatz. So sind nur wenige engagierte Buchhändler bereit, auch weniger erfolgsträchtige Publikationen in ihren Geschäften anzubieten. Die regionalen Branchenriesen betrachten Bücher aus Kleinverlagen als unrentabel und unverkäuflich. Mancher Kleinverleger mußte die bittere Erfahrung machen, von den Buchhändlern kategorisch abgelehnt zu werden. Mit dieser Kommerzialisierung und Konzentrierung werden die Chancen für ideelle und künstlerisch relevante neue Literatur verbaut. Somit ist es ein schwieriges Unterfangen, selbst eine kleine Auflage von 500 bis 1000 Exemplaren überhaupt zum Verkauf anzubieten.

4. Mangelnde Selbstkritik. Die ›Verwässerung‹ durch schlampige oder nichtssagende Buchpublikationen ist ein großes Problem in der ›Szene‹. Vieles wird da veröffentlicht, was besser in privaten Tage- und Notizbüchern geblieben wäre. Die Verleger und Autoren tun sich damit selbst und auch anderer Literatur keinen Gefallen. Der Markt und die Leser reagieren sensibel: Schnell wird durch ein schlechtes Buch auf andere geschlossen und jede ähnliche Publikation als minderwertig betrachtet.

Gerade in den Ein- oder Zwei-Personen-Verlagen beherrschen Eitelkeit und fehlender Sachverstand das Kalkül. Ein ›Weniger ist mehr‹ täte der publizistischen Vielfalt kaum Abbruch.

Doch es mangelt den Autoren und auch Herausgebern immer wieder an Selbstkritik. Jeder will veröffentlichen, ganz gleich wie, und aus diesem (egoistischen) Gutdünken scheiterten bisher alle Versuche, durch Zusammenschlüsse oder Dachorganisationen eine echte finanzstarke Konkurrenz zu den großen Verlagen herzustellen.

Leider wird die ›Szene‹ das bleiben, was sie nicht ist: eine ernstzunehmende ›Alternativbewegung‹. Die enorme Fluktuation kann sich somit kaum ändern. Die ohnehin überforderten, interessierten Leser werden weiter – neben 80 000 ›offiziellen Buchpublikationen‹ – mit einer kaum schätzbaren Flut von Büchern aus Klein- und Selbstverlagen überschüttet.

Ist es nicht auch unsinnig, daß es über 100 kleiner und kleinster Literaturzeitschriften gibt; gerade diese, für Nachwuchsautoren und neue Tendenzen so wichtigen Organe wären gut beraten, zumindest regional zu fusionieren, um aus dem Abseits der Unwichtigkeit herauszutreten. Hier könnte aus einer Handvoll Magazine mit Auflagen zwischen 500 und 1000 Stück eine durchaus ernstzunehmende Literaturzeitschrift entstehen, die über provinzielle Grenzen hinweg vertrieben würde. So kämen die Öffentlichkeit, und vor allem der Buchhandel, an einem derart gestärkten Literaturorgan kaum vorbei.

Doch das sind Wunschträume. Die Miniverleger bleiben zwar autonom, dafür aber auch regional begrenzt in ihrer Wirkung. Das Damoklesschwert der ruinösen Wirtschaftlichkeit schwebt drohend über jedem Buchprojekt. Folge ist eine neue, sehr bedenkliche Unart: die Autorenbeteiligung. Um Bücher produzieren zu können, bittet man die Schriftsteller zur Kasse. Sie müssen entweder eine bestimmte Stückzahl der Auflage abkaufen oder einen sogenannten Druckkostenzuschuß bezahlen. Gerade bei dieser zweiten Methode ergeben sich oft haarsträubende Beträge, die manchmal die wahren Herstellungskosten um ein Vielfaches übertreffen. So wird das verlegerische Risiko auf den Autor abgewälzt und cleveren Spekulanten und Gaunern Tür und Angel geöffnet. Mancher gutgläubige Anfänger hat voller Hoffnung horrende Beträge auf irgendein Konto überwiesen und nachher feststellen müssen, daß es diesen Verlag gar nicht gibt oder daß dieser schon längst in Konkurs gegangen ist.

Diese Spielart zieht sich inzwischen durch die ganze ›Szene‹: nicht nur Debütwerke, sondern auch Anthologien und Zeitschriften werden mit Hilfe der Autoren finanziert. Oft zahlen Nachwuchstalente drei-, vierhundert Mark für die Veröffentlichung von drei Texten. Selbst die Autorenverbände, die eigentlich die Amateurliteratur fördern wollen, kassieren neben den Jahresbeiträgen auch noch Druckkostenzuschüsse für irgendwelche Sammelbände ihrer Mitglieder.

Somit führt sich die ursprünglich ideelle Literaturbewegung ›von unten‹ selbst ad absurdum. Mit diesen fragwürdigen Methoden und der Eigenbrötelei unzähliger Kleinverleger zieht sich die ›Szene‹ weiter ins Abseits und wird zu Recht nicht ernstgenommen. Illusionen, Träumereien und der verklärte Blick auf die Erfolge der angelsächsischen Undergroundliteratur helfen da nicht aus dem Dilemma.

Das Buch wird – trotz aller optimistischen Lobgesänge seitens der Buchhändler – an Bedeutung verlieren, andere Freizeitangebote und elektronische Informationssysteme überflügeln das gedruckte Wort, und deshalb ist es um so wichtiger, mit umsichtiger Planung die ernsthafte Literatur am Leben zu erhalten. Hier liegt auch die immense Bedeutung publizistischer Subkultur, die aber an wirtschaftlichem und verlegerischem Kalkül nicht vorbeikommen kann. Ohne Kommerz und Werbestrategien geht es nun mal nicht. Doch warum soll es nicht gelingen, mittels solcher Methoden den Leser für Literatur zu gewinnen? Dazu bedarf es natürlich gemeinsamer Anstrengungen. Einzelkämpfer haben heute kaum noch eine Chance. Sollte es der Szene nicht endlich gelingen, an einem Strang zu ziehen, wären die Aussichten für publizistische Vielfalt alles andere als rosig: Autoren, Verlage, Zeitschriften blieben auf der Strecke – und schließlich auch die freie, künstlerische Literatur.«

Josef Wintjes und sein Literaturzentrum in Bottrop

Das Literaturzentrum in Bottrop wurde bereits auf Seite 36 f. vorgestellt. Es besteht seit 1969, hat viele Höhen und Tiefen erlebt und vor allem überstanden.

Ich traf Josef Wintjes in Bottrop zu einem Gespräch.

A.-W.: Siehst du dich als eine Art Vorkämpfer – oder heute beinahe als Veteran – für die alternative Literatur?

J. W.: Natürlich waren wir Vorkämpfer in Sachen progressiver Literatur – und die war zur damaligen Zeit selbstverständlich alternativ, was bedeutet, daß sie sich formal und inhaltlich unterschied von der Massenproduktion, die allgemein auf breiter Basis als Literatur angeboten wurde. Nur hat uns in den Folgejahren die Wirklichkeit allzu schnell überholt. Alle Ansätze unseres (neuen) Denkens wurden aufgesogen und vermarktet; integriert und verwässert von Großverlagen, die aus ökonomischen Gesichtspunkten unbedingt neue Impulse benötigten.

Da kam diese vitale Szene gerade zur rechten Zeit. Die Innovationsfunktion ist den kleinen und alternativen Verlagen nicht zu bestreiten. Es lassen sich unendlich viele Entwicklungen dokumentarisch belegen.

Unsere Motivation damals wurde vom Idealismus bestimmt; unser Engagement galt utopischen und gesellschaftlichen Veränderungen. Wir wollten den elitären Literaturbegriff aus seinem Zwangskorsett befreien und allen Minderheiten eine Chance zur Artikulation einräumen. »Laßt 1000 Blumen blühen« – das war durchaus avantgardistisches Denken. Unsere Szene wurde von Experimenten bestimmt. Es war Spiel, Spaß und emanzipatorische Bewußtseinsbildung.

Es ging ja nicht nur um schöngeistige Literatur. Es war praxisnah auch eine Art antiautoritärer Befreiungskampf, vornehmlich auch gegen die Übermacht der bürgerlichen Presse.

Heute sehe ich mich nur noch als eine Art Nachlaßverwalter einer Subkultur, die alles erträumte und letztendlich nichts erreichte.

A.-W.: Welchen Unterschied machst du zwischen ›etablierter‹ und ›alternativer‹ Literatur? Gilt dort heute auch noch eine Trennung; oder war das ursprünglich Alternative – wohl doch ausgehend von der End-Sechziger-Bewegung – eine Erscheinung dieser Zeit?

J. W.: Eine endgültige Definition des Begriffes ›Alternativ-Literatur‹ hat es nie gegeben, obwohl sich im nachhinein selbst Universitäten darum bemühten. Wir entsprachen spontan einem Selbstverständnis – sicher zeitbezogen –, welches keinerlei weitere Interpretation nötig hatte. Es war ein fließender Prozeß, der keine Festschreibung zuließ. Vielmehr war es ein Zusammengehörigkeitsgefühl, welches sich durch themenspezifische Bezugspunkte ergab und inhaltliche wie formale Kriterien gleichermaßen berücksichtigte.

Es sollte emanzipatorische Literatur im besten Sinne geliefert werden ohne Einschränkungen und Tabus.

A.-W.: Welchen Anspruch hast du an dein Info-Zentrum? Hat er sich im Laufe der Jahre geändert? Wenn ja, welche Veränderung hat es gegeben?

J. W.: Das gesamte Konzept des Infozentrums war immer unabhängig und oft unbequem und einer ständigen Veränderung unterworfen. Es gab jedoch zur Veränderung auch gewichtige Gründe von außen, auf die wir keinerlei Einfluß zu nehmen vermochten.

Gewaltig verschlechtert hatten sich in den letzten Jahren die Umsatzzahlen. Konnte bis zum Ende der siebziger Jahre noch von einer relativen Blütezeit gesprochen werden, so ging das Interesse der zahlenden Kunden Anfang der achtziger Jahre rapide zurück. Einige Gründe hierfür liegen deutlich auf der Hand. Abgesehen von der zunehmenden bundesweiten Arbeitslosigkeit hatte sich auch die Kaufkraft der Studenten wegen Bafög-Kürzung etc. merklich verschlechtert. Dazu kam der Einbruch des sogenannten Generationskonfliktes, der dazu führte, daß wir kaum noch Zugang zu einem jüngeren Lesepublikum fanden.

Einerseits war dieses jüngere Publikum mit einem Überangebot an elektronischen Medien konfrontiert, was automatisch Buch und Zeitschrift in den Hintergrund drängte.

Darüber hinaus wirkte wohl auf viele der jugendlichen Leser meine Zeitschrift wie ein Fossil aus Urzeiten, mit dessen Inhalt sie sich kaum zu identifizieren vermochten.

Außerdem trat eine neue Entwicklung zutage durch das Entstehen von linken und alternativen Buchläden bis hin in die entfernteste Provinz, so daß für eine Versandbuchhandlung (was neben der Infozeitung ebenfalls Funktion des Infozentrums ist) einfach keine Notwendigkeit mehr bestand, weil unsere Art Literatur durch dieses Vertriebsnetz weite Verbreitung fand und fast überall präsent war. Wer bestellt da schon unbesehen nach Katalog, wenn die Titel gleich um die nächste Ecke zu erwerben sind.

Ebenso schwer wiegt die Tatsache, daß heute themenspezifische Kleinverlagsprodukte auch von Großverlagen in Taschenbuchreihen angeboten werden.

So wird es mir nur möglich sein, durch weitere Spezialisierung Nischen auszuforschen, Neuheiten anzubieten und Nachwuchstalente zu entdecken, damit das Infozentrum wieder einen Geheimtip für Insider bedeuten könnte.

A.-W.: Meinst du, daß ›ein selbstgeschriebenes Buch‹ auch in der alternativen Szene oftmals nur die Funktion eines Statussymboles hat?

J. W.: Alle Welt ist wie verrückt hinter Statussymbolen her. Aber man muß auch versuchen, einen jungen Nachwuchsdichter zu verstehen. Sein oder Nichtsein – ein

Buchautor bin ich nur durch ein Buch. Es hebt zumindest das Selbstwertgefühl. Was ließe sich alles schreiben über den Frust in der eigenen Schublade!

Nach der 43. Verlagsabsage greifen die Betroffenen zu den ungewöhnlichsten Mitteln, um dem Erfolg nachzuhelfen.

Hier finde ich eine Realisation im Selbstverlag korrekter, weil sie Eigeninitiative voraussetzt, als sich mit einem Betrugsverleger einzulassen, der sich seine Hilfeleistung teuer bezahlen läßt.

Doch der Endeffekt bleibt insofern gleich, weil weder das eine noch das andere Buch seinen Absatz finden wird; es sei denn im eigenen Freundeskreis als Weihnachtsgeschenk.

Es besteht einfach – und hierin sehe ich den springenden Punkt – ein ungeheures Mißverhältnis zwischen übergroßem Angebot an literarischen Texten und relativ geringer Nachfrage bis hin zu absolut geringer Nachfrage bei unbekannten Autoren.

Die Chance einer Entwicklung überhaupt sehe ich in folgendem Weg: erst einmal kleine Veröffentlichungserfolge erzielen durch Beiträge in Literaturzeitschriften oder Anthologien – die es zur Genüge gibt. Dieser Schritt an die Öffentlichkeit kann schon ein gewisses Feedback bewirken, und sobald man eine Reihe Kleinsterfolge, sprich Referenzen aufzuweisen hat, wird es wesentlich leichter werden, die Aufmerksamkeit eines echten Verlages auf sich zu ziehen, um dann unter Umständen mit einem eigenständigen Textband samt korrektem Autorenverlag zu glänzen.

Man ist halt so geil auf Statussymbole und dabei so ungeduldig. Deshalb werden von Autoren immer wieder folgenschwere Fehler gemacht, die sie später ziemlich bereuen.

A.-W.: Findest du, daß die deutsche Literaturszene, sei sie nun etabliert oder alternativ, genügend Selbstkritik zustande bringt?

J. W.: Man kann als Autor eigentlich nie selbstkritisch genug sein. Viele ungeduldige Jungdichter veröffentlichen, wie eben schon gesagt, sicher viel zu früh, nur um sich endlich gedruckt zu sehen. Allerdings ist fehlende Öffentlichkeit auch ein Handicap. Ich halte den Eintritt in eine Schreibwerkstatt oder literarische Vereinigung für sehr sinnvoll, um die eigene Isolation zu überwinden und um Kritikfähigkeit gegenüber der eigenen Schreibe und gegenüber den Texten fremder Autoren regelrecht zu erlernen.

A.-W.: Was bringt die Zukunft dem Infozentrum? Welche Pläne hast du?

J. W.: Nach dem allgemeinen Niedergang der sogenannten alternativen Literatur, deutlich zu sehen auch daran, daß seit einigen Jahren keine Gegenbuchmessen mehr stattfinden, bin ich gezwungen, für das Infozentrum eine völlig neue Konzeption zu entwickeln.

Ein Informationszentrum in Sachen Literatur hätte wie eine Schaltzentrale eines Netzwerkes zu funktionieren, von der jeder Interessent alles Wissenswerte für seine Arbeit und für seine Probleme zielgerichtet abrufen können müßte. Ein exakter Aufgabenkatalog würde hier zu weit führen.

Aber so eine Datenbank nach der Idee von Hermann Hesse mit seinem Glasperlenspiel wäre anstrebenswert. Ganz einfach eine Auskunftei für alle Dichter.

Einige Projekte dazu sind bereits in Vorbereitung. Wir benötigen allerdings die aktive Mitarbeit von Autoren.

Roland Kübler – Autor, Lektor und Verleger

Roland Kübler, Jahrgang 1953, ist Autor, war einige Jahre als Lektor in einem kleinen Verlag tätig und hat nun einen eigenen Verlag gegründet (in dem er nun auch noch als Verleger tätig ist). Bei einem Treffen hatte ich Gelegenheit, einiges zu erfahren, was für Sie sicher interessant ist und hier wiedergegeben wird:

A.-W.: Du bist Autor, Lektor und neuerdings auch Verleger. Bedingen in deinem Fall alle drei Tätigkeiten einander?

R. K.: Meiner Ansicht nach wird es immer zu Schwierigkeiten kommen, wenn sich die drei Tätigkeiten in einer Person vereinen. Aus diesem Grunde versuche ich auch, die einzelnen Bereiche für mich zu trennen. Meine hauptsächliche Arbeit als Autor werde ich nicht in unserem eigenen Verlag ausüben. Viele Beispiele sogenannter Selbstverlage bezeugen, daß die kritische Distanz zum eigenen Werk oft fehlt. Daher werde ich im Normalfall nicht mein eigener Lektor und Verleger sein.

Auch Lektorat und Verleger sind bei uns im Verlag Stendel getrennt. Zwar bin ich in erster Linie für die Programmgestaltung und das Lektorat zuständig; verlegt wird ein Buch jedoch erst, wenn auch meine Frau mit der Herausgabe einverstanden ist.

Die Bereiche Autor, Lektor und Verleger bedingen sich in meinem Falle also nicht.

Natürlich gibt es immer wieder Überschneidungen. Diese jedoch empfinde ich als wertvolle Impulse. Als Autor arbeite ich unter anderen Gesichtspunkten, da ich genügend Erfahrungen im Lektorat sammeln konnte, und als Verleger gehe ich anders mit Autoren um, da ich ja selbst Autor bin.

A.-W.: Kommen wir zuerst zum Autor in dir. Ich darf wohl sagen, ein recht erfolgreicher. Wie hast du angefangen? Wie hast du Veröffentlichungsmöglichkeiten gefunden?

R. K.: Den Autor in mir gab es schon lange. Allerdings zielte mein Schreiben nie auf eine Veröffentlichung. Ich schrieb für mich, um zu verarbeiten, aufzuarbeiten. Aber auch weil es mir einfach Spaß machte, Welten zu entwerfen, Figuren zum Leben zu erwecken, Handlungen zu konstruieren. Dem Schreibenden, so habe ich es damals erfahren, sind keine Grenzen gesetzt. Er kann im wahrsten Sinne hemmungslos gestalten, entwerfen, schaffen.

Aus Geldmangel schrieb ich dann eine Zeitlang für verschiedene Tageszeitungen kulturelle Berichte, Buchbesprechungen, Reportagen. Über diese Tätigkeit lernte ich die Verlegerin des Lucy Körner Verlages und ihren Mann kennen. Hier entwickelte sich sehr schnell ein gegenseitiges Inspirieren, und so kam es schon bald zu einer konkreten Zusammenarbeit. Im nachherein muß ich wohl sagen, daß sich dies alles zufällig entwickelt hat. Selbst als das erste Buch im Körner Verlag, an dem ich mitschrieb, fertiggestellt war, wußte ich noch nicht sicher, ob ich denn wirklich wollte, daß irgendein mir fremder Leser dieses Buch in die Hand nimmt und kauft.

A.-W.: Zu deiner Lektorentätigkeit: Wie viele Manuskripte erhält ein Verlag so in der Regel pro Tag? Wieviel Prozent davon mag brauchbar sein, und wird überhaupt alles gelesen?

R. K.: Erst einmal kommt es auf den Bekanntheitsgrad und die Größe des Verlages an. In dem Verlag, in dem ich arbeitete, bekamen wir jeden Tag zwischen 6 und 10 Manuskripten. Ich habe es stets so gehalten, daß ich jedes Manuskript gelesen bzw. zumindest soweit angelesen habe, daß ich mir ein Urteil darüber erlauben konnte. Mir ist jedoch klar, daß eine solche Beurteilung immer einen sehr subjektiven Charakter hat, ja, haben muß. Dies auch den Autoren in den Absagebriefen zu vermitteln, schien mir wichtig. Die Frage der ›Brauchbarkeit‹ von Manuskripten hängt natürlich vom jeweiligen Tätigkeitsbereich des Verlages ab. Viele Manuskripte, die ich las, waren für uns damals nicht brauchbar. Ein anderer Verlag hätte vielleicht ein Buch daraus gemacht.

A.-W.: Ist es in deinem Verlag oder in Verlagen, in denen du früher tätig warst, vorgekommen, daß aus unangefordert eingesandten Manuskripten ein Buch entstanden ist?

R. K.: Ja, es kam tatsächlich vor. Ich weiß aber auch, daß dies nicht unbedingt der Normalfall ist. In vielen Verlagen, auch sehr renommierten, werden unaufgefordert eingehende Manuskripte, wenn überhaupt, nur sehr oberflächlich geprüft.

Dies ist meines Erachtens die Hauptschwierigkeit für junge, unbekannte Autoren.

A.-W.: Oft wird in den Manuskripteinsendungen um eine Beurteilung gebeten. Wird diese in der Regel gegeben oder wird nur auf Verlagsverwendbarkeit geprüft?

R. K.: Es ist schwierig für den Lektor, der im Regelfall nicht über Arbeitsmangel zu klagen hat, ein eingehendes Manuskript wirklich ausführlich zu beurteilen. Dazu müßte er nämlich auch Zeit haben, sich mit dem Text intensiv zu befassen. Es wird also immer nur eine sehr subjektive kurze Beurteilung sein, die ein Autor von einem Verlag bekommt. Die Praxis, vorgefertigte Formbriefe als Absage zu verschicken (eine sehr frustrierende Erfahrung für Autoren), setzt sich immer mehr durch. Ich denke, dies ist eine sehr betrübliche Entwicklung. Neben der reinen ›Vermarktungsaufgabe‹ hat ein Verlag meines Erachtens auch die Pflicht, junge und neue Autoren zu fördern – und dazu gehört eben eine sinnvolle Auseinandersetzung mit eingehenden Manuskripten.

A.-W.: Was tut so ein Lektor eigentlich außer Manuskripte lesen?

R. K.: Hauptaufgabe des Lektors ist ja nicht das Lesen der eingehenden Manuskripte, sondern vor allem die Entscheidung, ob und wie aus einem Manuskript ein Buch entstehen kann. Dies erfordert reichlich Fingerspitzengefühl, denn da ist auf der einen Seite der Autor, an dessen Text gearbeitet werden muß, auf der anderen Seite steht der Verleger, der oftmals nur sehr schwer von der Wichtigkeit gerade ›dieses Manuskriptes‹ überzeugt werden kann. Der Lektor ist also ein Vermittler zwischen Autor und Verleger. Es fällt ihm in der Regel auch noch die Aufgabe zu, das Äußere eines geplanten Buches zu gestalten, sich um den Druck zu kümmern und das Layout zu besorgen.

A.-W.: Der Verlag Stendel ist noch relativ jung. Suchst du noch Manuskripte? Welcher Art?

R. K.: Natürlich suchen wir immer Manuskripte. Wenn ein Verlag, welcher Größe auch immer, einmal keine Manuskripte mehr sucht, sich nicht mehr um Neues kümmert, verkrustet er und stirbt. Der Verlag Stendel ist vor allem an fantastischer Belletristik interessiert und im Fachbuchbereich an neuen Denkansätzen in den Humanwissenschaften. Ich weiß, dies ist eine sehr weitgefaßte Kategorie, aber wir wollen uns als Verlag nicht in eine Schublade pressen. Verlegt wird immer nur, was uns selbst Spaß macht und was uns wichtig erscheint. Wichtiges Kriterium bei der Beurteilung eines Manuskriptes ist: Geschriebenes darf nicht langweilig sein!

A.-W.: Wie lange dauert es, bis der Verlag entschieden hat, ob ein Manuskript gedruckt wird? Wie lange muß ein Autor warten, bis er sein Manuskript zurückerhält oder eine andere Nachricht vom Verlag erhält?

R. K.: Das differiert natürlich von Verlag zu Verlag. Ich kenne Autoren, die ihre Manuskripte an sehr renommierte Verlage geschickt haben und nach einem Jahr noch immer keine Nachricht bekommen haben, obwohl sie sogar schriftlich nachgefragt haben.

Sinnvoll für den Autor ist es, dem Verlag wirklich genügend Zeit zur Prüfung zu geben. Ich denke aber, daß nach etwa 4 – 6 Monaten eine Grenze erreicht ist.

Bei uns im Verlag Stendel muß ein Autor mit ca. 4 – 6 Wochen Wartezeit rechnen, bevor er Nachricht erhält.

Stoßseufzer einer Herausgeberin

Ehrlich, ich mach die Arbeit gern. Seit über 6 Jahren bin ich Herausgeberin von poetischen Texten, die als Sammelbände im Heyne-Verlag erscheinen, bzw. erschienen sind. Gerade jetzt liegt die umfangreiche Lesearbeit für einen neuen Band hinter mir, und ich muß sagen, manchmal reicht es und ich verfluche einige Autoren samt ihrer Texte, samt ihrer Anmaßungen und samt ihrer Arroganz und Unerfahrenheit ... und bin dabei natürlich ungerecht. DochmanchmaldaskönntihrmirglaubenPLATZTEINEMEINFACHDERKRAGEN!

Nun, da ich nicht gleich jedem böse Absicht unterstelle, setze ich mich jetzt an die Maschine, um aus der Sicht einer Herausgeberin zu berichten und – so hoffe ich – einen Beitrag zu leisten, daß Manuskripteinsendungen etwas herausgeberfreundlicher werden und eine Menge Nerverei fortfällt.

Das Einfachste zuerst, also ein Wort zur Präsentation. Wenn es irgend geht, ist ein sauber getipptes Manuskript für den viellesenmüssenden Herausgeber das Beste. Die diversen Handschriften strengen das Auge doch sehr an; vor allem, wenn unleserliche dabei sind. Nun soll, wer über keine Schreibmaschine verfügt, selbstverständlich nicht ausgeschlossen sein. In diesem Fall sollte möglichst in Druckschrift handgeschrieben werden. Nicht unwichtig, bzw. sehr arbeitserleichternd ist es, wenn auf jedem Blatt schon mal der Name, am besten die komplette Adresse steht. Ansonsten heißt es für den Herausgeber jedes Blatt mit Namen und Adresse zu versehen oder in Riesenstapeln suchen. Tja, und manchmal ist eine Zuordnung des Textes ohne Namensangabe im nachhinein nicht mehr möglich, mit anderen Worten: der Text fliegt raus. Der Name sollte auf jeden Fall unmißverständlich leserlich geschrieben werden. So manche Beschwerde über falsche Namensangabe stand mir ins Haus, so daß ich mir wirklich einmal die Mühe machte, die entsprechenden Manuskripte rauszusuchen, und siehe da, es waren die Handschriften auf Umschlägen, wo man nur vermuten konnte, was dort tatsächlich geschrieben steht.

Ellenlange biographische und bibliophile Angaben werden bei den meisten Anthologien nicht benötigt, zumal ohnehin kein Platz dafür ist. Die Rechnung ist einfach: bei ca. 100 Autoren und jeweils einer Seite Biographie bräuchte man nach Adam Riese 100 Seiten allein für biographische Angaben; und, diese Bemerkung sei mir gestattet, es scheint mir äußerst zweifelhaft, daß es von großem Interesse ist, in welcher Tageszeitung welches Gedicht vor Jahren veröffentlicht war, wann man um wieviel Uhr einen Text in irgendeinem Lyriktelefon gelesen hat und in welchen Orten – oft rings um die Heimatgemeinde – man an Lesungen teilgenommen hat. Kurze Angaben, wenn nichts anders gefragt, reichen vollkommen aus.

Die viel zu verfrühte telefonische Nachfrage: ichhabeihnendavordreiwocheneinmansukriptgeschicktundwolltemalhörenwiesiemeinetextefinden trägt auch nicht gerade zur Luststeigerung des Herausgebers bei, wenn er durch den Anruf gerade klitschnaß aus der Wanne gelockt wurde oder das Abendbrot, möglicherweise noch interessantere Dinge, unterbrechen muß. Ich arbeite zum Beispiel mit einem langen zeitlichen Vorlauf, so daß durchaus Monate vergehen können, bis die Auswahl getroffen wurde, die Arbeit an dem Band abgeschlossen ist und die entsprechenden Benachrichtungen rausgehen können. Zu diesem Bereich gehört auch die häufiger geäußerte Enttäuschung, wenn man keine möglichst drei- bis vierseitigen Gutachten über die eingesandten Texte abgibt. Mal abgesehen davon, daß es mir jedenfalls schlecht möglich wäre, ca. 2000 Manuskripte (A3 Seiten) zu beurteilen oder zu begutachten, ist dieser Anspruch bei einem Herausgeber meiner Meinung nach völlig fehl am Platze.

Mittendrin im Text zwar, aber an dieser Stelle die dringende Empfehlung, NUR KOPIEN EINZUSENDEN. Das hat für beide Seiten Vorteile. Der Autor behält seine Originale sicher bei sich verwahrt; der Herausgeber muß nicht einen Berg von Tausenden von Originalen (welch Horror) verwalten. Und es vereinfacht auch die Arbeit und Kommunikation. Kopien brauchen nicht zurückgeschickt werden. Hier wieder die Rechnung um Arbeitsaufwand und Portokosten!

Soweit. Sogut. Es muß einem ja nur mal gesagt werden, denn verständlicherweise hat mancher, der schreibt, keine Ahnung davon, wie es in der Praxis für Herausgeber und beim Büchermachen läuft. Richtig sauer werde ich schon mal, wenn solche Briefe, wie im folgenden zitiert, kommen:

Ganz aktuell aus Dresden erreichte mich die Unterstellung: »...ich kann Ihre Ablehnung nicht begreifen, zumal ich glaubte, daß meine Gedichte gut sind. Aber es ist wohl so, daß der Westen für uns ›Ossis‹ nichts übrig hat!«

Neben Telefonaten, Photos, Ansichtskarten erreichten mich von einem Herrn in der Nähe von Kiel insgesamt beinahe 20 Manuskripteinsendungen. Der Alptraum eines jeden Herausgebers. Dazu der feine Psycho-Terror, mit dem manche Zeitgenossen versuchen, Herausgeber weichzukochen: »Jetzt warte ich erst einmal ab, damit ich nicht allzu enttäuscht werde« oder sogar die Todesmitteilung der verstorbenen Mutter mit dem Zusatz: »Nur für sie habe ich die letzte Zeit geschrieben ... es ist mir nicht mehr vergönnt gewesen, ihr ›diese große Freude‹ (die Veröffentlichung in einer Anthologie) zu bereiten« undsoweiterundsofort. Nach der Absage allerdings ändert sich der Ton dann – auch in diesem Fall – rasch und erheblich. Es folgte eine »Beschwerde« bei dem Verlag über mich und mich erreichten brutale Unterstellungen wie z. B. diese eher noch harmlose: »... so daß ich annahm, hier treffe ich auf eine teilnahmsvolle, verständige, gütige Autorin, die weiß, wie es ist, wenn man gerne möchte und überall weggeschubst wird...«

Aus München erreicht mich in einem anderen Fall Post, mit der jemand die mir eingesandten Geschichten seines Vaters zurückfordert, zusammen mit der »handschriftlichen Erklärung« daß ich diese nicht veröffentlicht habe. Die Manuskripte hat er zurückbekommen, die Erklärung handschriftlich natürlich nicht. Monate höre ich nichts von dem Münchner, bis dann wieder ein Einschreibebrief eintrudelt, in dem es heißt: »Da sie die Geschichten nicht zurückgesandt haben, gehe ich davon aus, daß Sie diese (irgendwo?!) veröffentlicht haben, und bitte um Überweisung eines Betrages zwischen 500,– und 1000,– DM.« Nicht nötig zu erwähnen, daß er im anderen Falle einen Rechtsanwalt einschalten wolle ...

Diese Episoden-Liste ließe sich noch eine Weile fortsetzen; ich will sie beenden mit dem Hinweis auf den Autor, der sowohl den Herausgeber wie auch den Verlag auf Schadenersatz verklagen wollte, nur weil sein Name Günther geschrieben war und nicht Günter ohne H. Warum nicht gleich auf Schmerzensgeld verklagen?

Meiner Meinung nach wäre ein bißchen mehr Vertrauen im literarischen Bereich dringend notwendig. Ich weiß um die Ausnahmen, um die unschönen Geschichten, die die Literaturszene auch schreibt und bei denen die Autoren meistens die Verlierer sind. Und trotzdem denke ich, gerade »schreibende Menschen« sollten den Anfang machen zu einem vertrauensvolleren und fairen Umgang miteinander.

Der Herausgeber und Kleinverleger Klaus Friedrich

Klaus Friedrich, Jahrgang 1941, lebt als Kleinverleger und Herausgeber von zwei Literaturzeitschriften in München. Im folgenden Interview gibt er seine Erfahrungen wieder.

A.-W.: Sie geben gleich zwei Literaturzeitschriften heraus...

K. F.: Ja, *Rind & Schlegel* wurde 1977 gegründet. Zunächst als eine Möglichkeit der Gründerväter und -mütter, ihre eigenen Gedichte unabhängig vom herkömmlichen Literaturbetrieb zu veröffentlichen. Später wurde es immer mehr ein Forum für schreibende Anfänger aus allen Himmelsrichtungen Deutschlands und anderen Ländern. *Rind & Schlegel* ist in mehr als 20 Städten und auch im Ausland verbreitet worden. Der Wunsch nach der Veröffentlichung von Prosa wurde stärker, so daß ich später dann die Zeitschrift *Theatura* gründete.

A.-W.: Tragen sich die Zeitschriften selbst, bzw. verdienen Sie inzwischen daran?

K. F.: Meine Herausgebertätigkeit sehe ich als Hobby an. Geld konnte ich damit bisher leider noch nicht verdienen. Bei den ersten Nummern habe ich stets dazugebuttert, manchmal bis zu 1500 DM; seit den letzten Nummern nähere ich mich der Grenze, an der die Zeitschriften beginnen, sich finanziell selbst zu tragen. Gewinn ist nicht in Sicht.

A.-W.: Sie haben auch Bücher herausgegeben, zwei mit Erfolg. Betreiben Sie also auch einen Buchverlag?

K. F.: Wenn mich Gedichte eines Autors sehr stark anmachen und er auch bei den Lesern der Zeitschrift gut ankommt, dann mache ich auch gern ein Büchlein mit diesen Gedichten und vertreibe es. Aber die Texte müssen schon mein Herz erreichen. Von einem persischen Lyriker habe ich ein Buch gemacht. Liebesgedichte. Ich habe es über 4000mal verkauft.

A.-W.: Wer kann bei Ihnen veröffentlichen? Wie kommen Sie an die Texte heran?

K. F.: Im Prinzip kann jeder in *Rind & Schlegel* veröffentlicht werden. Da mich mittlerweile doch sehr viele Manuskripte erreichen...

A.-W.: Wie viele...?

K. F.: Ich möchte sagen, so circa zehn Stück am Tag. Daher muß ich auch eine gewisse Auswahl treffen, und nicht jeder kann berücksichtigt werden.

A.-W.: Sind Sie noch an Manuskripteinsendungen interessiert?

K. F.: An guten immer. Ich möchte aber gleich dazu sagen, daß ich vom Autor erwarte, daß er sich am Vertrieb der Zeitschrift beteiligt; d. h., daß er vielleicht 20 oder 30 Stück selbst verkauft. Er erhält dann einen Rabatt und kann sich auch noch etwas verdienen. Außerdem ist es wichtig, daß die eingereichten Manuskripte nur Kopien sind und daß ausreichendes Rückporto beigefügt ist. Lesbar sollten sie natürlich auch sein.

A.-W.: Wie funktioniert dann Ihr Vertriebsweg für die Zeitungen und Bücher?

K. F.: Abgesehen von den regelmäßigen Beziehern, funktioniert der Vertrieb, mit der Plastiktüte voll Bücher in der Hand, von Buchhandlung zu Buchhandlung pilgernd.

A.-W.: Das funktioniert doch sicher nur mehr oder weniger... Welche Erfahrungen haben Sie gemacht?

K. F.: Nun ja, positiv waren die bestimmt nicht immer. Es gab schon aufgeschlossene Buchhändler, aber oftmals bekam ich recht rüde Absagen.

Beim Vertrieb des Büchleins meiner persischen Entdekkung hatte ich es anfangs recht schwer.

Gerade auch in großen Münchner Buchhandlungen erlebte ich oft eine gewisse Willkür. Ein Mitarbeiter z. B. wies mich ausgesprochen barsch ab; eine Mitarbeiterin desselben Hauses rief später bei mir an, um die Zeitschriften und Gedichtbändchen zu bestellen. Eine gewisse Hartnäckigkeit lohnt sich hier, ist aber auch teilweise sehr ermüdend bis demütigend.

A.-W.: Neben Ihrer Herausgebertätigkeit betreuen Sie gewissermaßen auch junge Autoren. In welcher Form?

K. F.: Ich habe einige Lesungen veranstaltet, an denen Anfängerschreiber teilnehmen konnten und so die Gelegenheit hatten, die Reaktion des Publikums zu beobachten. Darüber hinaus habe ich Treffen mit etablierten Schriftstellern veranstaltet. Diese dienten ebenfalls dazu, dem Anfänger Verbesserungen anzubieten und die Möglichkeit, von den ›großen‹ Kollegen zu lernen.

A.-W.: Noch ein Wort von Ihnen, Herr Friedrich, an ›Anfängerautoren‹?

K. F.: Ja, es gibt zwei wichtige Dinge für einen Autor, um Erfolg zu haben: 1. Fleiß und 2. Begabung.

Klaus-Dieter Regenbrecht: Hoffnungen, Erfahrungen und allgemeine Einsichten eines Autors mit, in und außerhalb einer Autorengruppe in Koblenz

»Eine Selbstverständlichkeit: Eine Autorengruppe ist eine Gruppe. Hier wird es die gleichen gruppendynamischen Prozesse geben wie in einem Kegelverein. In jeder Autorengruppe gibt es solche, die Aufgaben übernehmen, Ideen entwickeln, Projekte initiieren und organisieren; solche, die immer da sind und fast alles mitmachen; solche, die ab und zu erscheinen, und solche, die nie erscheinen, die aber den Beitrag überweisen und über das Geschehen in der Gruppe informiert sein möchten. Wenn ich, soweit ich das überblicke, als einziger in dem gut dreijährigen Bestehen der Autorengruppe Koblenz nicht eines der monatlichen Treffen versäumt habe, so liegt das sicher nicht nur daran, daß ich mir von der Mitarbeit eine Vertiefung meiner literarischen Kenntnisse und Fähigkeiten oder eine Beschleunigung meiner schriftstellerischen Karriere erhoffte, sondern vor allem auch daran, daß es mir nach wie vor Spaß macht, mich mit diesen Literaten zu treffen und auseinanderzusetzen, auch kontrovers und manchmal aggressiv, mit ihnen etwas anzuzetteln, mit ihnen einen zu trinken. Dennoch kann ich die Einstellung anderer Autoren nachvollziehen, die sagen: ›Ob da nun über einen unberechtigten Elfmeter, einen ‚Grand mit Vieren' oder ein Gedicht gegen Atomkraft palavert wird, ich gehe in keinen Verein!‹

Bevor ich mich zum ersten Male zu einem Treffen der Autorengruppe aufmachte, glaubte ich zumindest in meiner Altersklasse der einzige in und um Koblenz zu sein, der Schriftsteller werden wollte und bereits Veröffentlichungen in Literaturzeitschriften und Anthologien vorweisen konnte; eine Fehleinschätzung. Wie war es zu dieser Fehleinschätzung gekommen?

1974 hatte ich mein erstes Gedicht verfaßt.

1977 sandte ich erstmals Texte an einen kleinen Verlag, von dessen Existenz ich zufällig im Radio erfahren hatte. Ganz allmählich verlor ich das Berufsziel ›Lehramt für Gymnasien‹ aus den Augen und verlegte mich auf Schriftsteller, ohne die geringste Ahnung zu haben, auf was ich mich da einließ.

Literatur spielte sich für mich in der Universitätsbibliothek ab. Zeitgenössisches kam über Allen Ginsberg, beziehungsweise Handke und Wondratschek im Deutschen, nicht hinaus. Zudem natürlich Literatur im Feuilleton – *Spiegel, Zeit,* Tageszeitungen. Die einzige mir bekannte Literaturzeitschrift war wohl *Akzente.* An Verlagen waren mir bekannt: natürlich die Großen; ein paar kleinere – wie ›Maro‹. Ich hatte damit etwa das fachspezifische Wissen eines Fünfjährigen, der Hubschrauberpilot werden will.

Meine erste Veröffentlichung in einer Literaturzeitschrift hatte ich 1981. Durch diese Veröffentlichung, die mich freute wie nichts mehr seitdem, tat sich mir eine neue Welt auf: Ich erkannte, daß es hierzulande eine Literaturszene gibt, die gelegentlich und unzutreffend alternativ genannt wird, in der es über einhundert Literaturzeitschriften gibt, die in den meisten Fällen nicht über fünf Ausgaben hinauskommen.

Eine Szene, die allenthalben Anthologien publiziert; eine Szene, die sehr wohl im Untergrund lebt, die aber kaum noch subversiv ist. Hier glaubte ich, nach deprimierenden Erfahrungen mit den großen Verlagen, leichtes Spiel zu haben.

Auch das eine Fehleinschätzung, die dazu führte, daß ich einem Kleinverleger einen Druckkostenzuschuß überwies; das Buch erschien nie, das Geld war weg. Noch heute habe ich die Bemühungen nicht aufgegeben, ihm das Handwerk zu legen; auch in diesem Falle zeichnet sich ab, daß Ausdauer und Zähigkeit unabdingbare Voraussetzungen in unserem Metier sind.

Mit diesem Erlebnishintergrund begab ich mich, schon über dreißig, angehender Vater, abgebrochener Student, von Jobs mich mühsam ernährend, entschlossener denn je, Schriftsteller zu werden, in die Autorengruppe Koblenz. Hier hatte ich meine ersten Lesungen innerhalb, dann außerhalb der Autorengruppe, kassierte 1984 mein erstes Honorar. Die Gruppe gibt eine Zeitschrift heraus *(schreibKraft),* ich übernahm zeitweise Redaktion und Layout. Durch die Gruppe lernte ich den Förderkreis Deutscher Schriftsteller und den Verband Deutscher Schriftsteller (VS) kennen, wurde Mitglied, dann Vorstandsmitglied im Landesbezirk Rheinland-Pfalz.

Bevor ich mich über die allgemeinen Aufgaben, den Sinn und Unsinn von Autorengruppen auslasse, schien es mir wichtig zu sein, meinen persönlichen Werdegang so ausführlich darzustellen. Mir scheint es aber auch notwendig zu sein, den derzeitigen Zustand der Gruppe Koblenz anzudeuten, wie ich persönlich ihn sehe. Die Mitgliederzahl hat sich seit der Gründung annähernd verdoppelt auf heute dreißig. Der ›harte Kern‹ umfaßt knapp die Hälfte. Die nun folgenden Aussagen beziehen sich auf diesen Kreis. Sämtliche Autoren sind Belletristen, keiner ist Vollprofi, kann von den Einnahmen leben. Meine Einnahmen beispielsweise werden 1986 kaum die Hälfte der Ausgaben decken, da ich mich seit kurzem selbst verlege.

Nicht wenige haben Hoffnung, eines Tages von den Einnahmen als Schriftsteller leben zu können; der eine oder andere wird es vielleicht sogar schaffen. Altersmäßig ist die Klasse der Dreißig- bis etwa Fünfundvierzigjährigen die stärkste, gefolgt von den Bis-Dreißigern und den wenigen über fünfzig. Es besteht ein leichtes zahlenmäßiges Übergewicht der Männer. Bei weniger als der Hälfte liegt ein ›akademischer Hintergrund‹ vor, davon sind die meisten Lehrer. Fast alle in der Gruppe (d. h. von dem ›harten Kern‹) haben eine oder mehrere Einzelveröffentlichungen vorzuweisen; das geht vom Selbstverlag bis zu Leinenausgaben in Großverlagen. Zu den literarischen

Inhalten, zur literarischen Qualität werde ich mit Bedacht nichts ausführen; es gehört nicht hierher. Immer wieder tauchen neue Gesichter in der Gruppe auf, die sich vorstellen und erzählen: ›Letztes Jahr im Urlaub habe ich mein erstes Gedicht verfaßt. Heute habe ich genügend Material für ein Buch zusammen. Alle Bekannten, denen ich die Sachen gezeigt habe, waren begeistert. Ich bin heute hier, um über die Gruppe an einen Verlag zu kommen, der mich – *auch gegen Druckkosten-Beteiligung* – verlegt.‹ Da bleibt mir jedesmal das Herz stehen!

In den Gruppen sind keineswegs nur verkannte Genies versammelt, die sich über die Dummheit und den Undank der Welt hinwegtrösten, hier wird hart gefochten. So hat das von der Koblenzer Gruppe mit der Zusammenstellung einer Anthologie beauftragte Redaktionsduo die ganze Angelegenheit abgeblasen, und das, obwohl öffentliche Zuschüsse bereits bewilligt waren, weil nach ihrer Meinung nicht genügend qualifizierte Texte eingegangen sind. Deshalb haben wir uns vorgenommen, die interne literarische Arbeit zu intensivieren und zu bereichern. Es soll zusätzlich zu den Einzellesungen mit Gruppenkritik eine Reihe von Experimenten geben. Hierbei geht es auch darum, von der oft stark personenbezogenen Textkritik wegzukommen, beziehungsweise zu verdeutlichen, wie gruppendynamische Prozesse die literarische Beurteilung beeinflussen.

Allererste Aufgabe von Autorengruppen muß es also sein, in solchen Fällen das Schlimmste zu verhindern. Ich erwarte von der Gruppe, daß sie hier aufklärt, desillusioniert, denn die Situation ist niederschmetternd; ich erwarte, daß sich die Gruppe anbietet: ›Mach bei uns mit, stell uns Deine Texte vor, hör Dir unsere an, hier gibt es die Zeitschrift, dort jene Anthologie, und so weiter.‹ Womöglich kommt der Literatur-Nobelpreis-Anwärter nach einiger Zeit zur der Einsicht: ›Selbst die Hansel in dieser Gruppe, von der ich vor kurzem nicht wußte, daß sie überhaupt existiert, bringen besseres zustande als ich ...‹

Der Vorwurf, in den Gruppen werde zuviel Mist produziert, trifft inhaltlich zu, wird aber zu Unrecht erhoben, weil es von der Natur der Sache her gar nicht anders sein kann. Wo, wenn nicht in den Autorengruppen vor Ort, soll denn ausgemistet werden?! Die massenhaft verschickten hektografierten Absagen der Verlage helfen vielleicht der Deutschen Bundespost, aber keinem Autor.

Die Intention und die Intensität der literarischen Arbeit hängt natürlich sehr stark von der Zusammensetzung der Gruppe ab, sie wird sich selbst auch im Laufe der Jahre innerhalb einer Gruppe verändern. Die fruchtbare Arbeit in einer Gruppe setzt eine Offenheit und Toleranz voraus, die – so ein Vorurteil – gerade Schriftstellern abgeht.

Wir Koblenzer tauschen uns auch mit der Mainzer Gruppe aus, wovon wir zunächst stärker profitierten, weil die Mainzer Gruppe größer, älter, etablierter ist, also einflußreicher. Eine Einbahnstraße darf es jedoch nicht bleiben, wir haben anderen auch etwas zu bieten. Der sogenannte oder auch tatsächliche Mist in den Autorengruppen ist, wenn er aufmerksam behandelt wird, kein Abfall, sondern Dünger für so manche Pflanze.

Die Autorengruppen gehen in die Schulen, wo sie nicht wie der beklatschte Star gleich nach der Lesung zum nächsten Auftritt eilen. Sie arbeiten mit Lehrern und Schülern zusammen. Die Autorengruppen arbeiten vor Ort mit den Behörden, mit der Bibliothek, der Volkshochschule und anderen Einrichtungen zusammen. Die Gruppen veranstalten Literaturmärkte, kümmern sich ums Kulturtelefon, machen Plakataktionen, gründen Kollektive und Verlage, betreiben Literaturbüros. Sie mischen sich ein und machen mit, bereichern Feste und Festlichkeiten. Hier wird Basisarbeit geleistet, ohne die der Literaturbetrieb mit Bestsellerlisten, Millionenauflagen, Hochglanzcovers, von Kritikerpäpsten mit Honig zugekleistert nur ein Popanz wäre, der bald in sich zusammenfiele.

Und wenn eines Tages alle Verlage von Medienkonzernen geschluckt sind, die von Autokonzernen, Ölmultis und Chemieriesen geschluckt werden, wenn es nur das Buch noch gibt, das in Höchstauflagen auch an Tankstellen und beim Metzger verscherbelt werden kann, oder das Buch, dessen Anschaffung einem exklusiven Kreis vorbehalten bleibt – es wird dann vielleicht so viele Alphabeten geben wie heute Polospieler –, dann werden Autorengruppen mit zu den letzten Bastionen einer aussterbenden Kultur gehören. Sollte es nicht soweit kommen, wird das auch ein Verdienst der Autorengruppen sein.«

Wahrung der Autorenrechte: Interview mit einem Rechtsanwalt

Ein Rechtsanwalt (RA) aus Stuttgart, mit langjähriger Erfahrung im Verlags- und Urheberrecht, gab mir in einem Gespräch in Stuttgart folgende informative Auskünfte.

Zugrunde lag unserem Gespräch ein Roman. Selbstverständlich gelten die nachfolgenden Handhabungen und Reglungen ebenso für einen Gedichtband, einen Kurzgeschichtenband etc.

A.-W.: Was kann ich tun, um mich abzusichern, daß Verlage mein Werk nicht ohne mein Wissen und Zustimmung veröffentlichen?

RA: Legen Sie dem Brief, mit dem Sie ein Manuskript *in Kopie* absenden, einen Umschlag bei, der ausreichend für die Rücksendung des eingereichten Manuskriptes freigemacht ist. Bitten Sie in Ihrem Anschreiben den Verlag um Rücksendung des Manuskriptes für den Fall, daß der Verlag Ihnen mitteilen will, daß er das Werk nicht veröffentlichen möchte.

Anhand des bei Ihnen verbliebenen Originalmanuskriptes können Sie den Verlag belangen, wenn er Ihr Werk ohne Ihre Erlaubnis veröffentlicht, nur Sie können bestimmen, ob und wie Ihr Werk zu veröffentlichen ist. Das bestimmt das Gesetz.

A.-W.: Sie reden von meinem *Werk* und auch davon, den Verlag zu belangen, wenn er ohne meine Erlaubnis ein Werk von mir *veröffentlicht*. Können Sie das bitte näher erläutern.

RA: Ja, also, der Reihe nach: *Das Werk*. Das Gesetz über das Urheberrecht und verwandte Schutzrechte, kurz Urheberrechtsgesetz (Urh.G.) schützt in § 1 »Urheber von Werken der Literatur, Wissenschaft und Kunst«.

Zu den geschützten Werken gehören u. a. nach § 2 Urh.G. »Sprachwerke, wie Schriftwerke, Reden, Musikwerke, Werke der Tanzkunst, der bildenden Künste, Lichtbild- und Filmwerke und Darstellungen wissenschaftlicher und technischer Art«. Ihr Roman, von dem wir hier einmal ausgehen wollen, wäre nach dieser Bestimmung als Schriftwerk ein Sprachwerk und als solches urheberrechtlich geschützt, wenn es sich – wie es im Gesetz heißt – um »eine persönliche geistige Schöpfung« handelt.

Hier wird es problematisch. Ohne tief in die mit dem Begriff ›persönliche geistige Schöpfung‹ verbundenen Probleme einzusteigen, kann sozusagen als eine Faustregel gelten:

Das Werk muß nach Inhalt (gleich Gedankeninhalt) und Form von der Persönlichkeit des Schöpfers geprägt sein.

Hierbei meint Form die sinnlich wahrnehmbare Ausdrucksform, die sprachliche Einkleidung der Gedanken und die Gliederung des Textes, die das Werk erhalten hat. Das Erzeugnis muß durch seinen Inhalt oder durch seine Form etwas Neues und Eigentümliches darstellen.

Diese Definitionen, die sich in der Literatur zum Urheberrechtsgesetz und in der amtlichen Begründung zum Regierungsentwurf des am 1. 1. 1966 in Kraft getretenen Urheberrechtgesetzes mit späteren Änderungen finden, deuten an, wo die Zweifelsfragen liegen können – persönlichkeitsgeprägt, Ausdrucksform, etwas Neues und Eigentümliches.

Wenn also Ihr Roman die vorgenannten Kennzeichen trägt und von Ihnen ›geschaffen‹ wurde, dann sind Sie Urheber des Werkes im Sinne des Gesetzes.

In § 7 des Urh.G. heißt es: »Urheber ist der Schöpfer eines Werkes, das für ihn, den Urheber, geschützt ist.«

Im übrigen ist auch der Titel eines Werkes, sofern *Sie* ihn gefunden haben, er neu ist und sich nicht an andere anlehnt, also nachahmt, wie das Werk für Sie geschützt.

A.-W.: Erlauben Sie mir eine Zwischenfrage: Stichwort Urheberrecht und Verlag. In den meisten Büchern finde ich aber nicht ›Urheberrecht bei Autor X oder Verlag Y‹, sondern folgendes Zeichen ©. Oder es heißt ›Copyright by...‹ (es folgen Verlagsangabe oder Autorenname und Jahreszahl).

Sinngemäß könnten wir Copyright als Abdruckrecht übersetzen. Man findet auch ›Nachdruck verboten‹ oder ›Alle Rechte vorbehalten‹. Was besagt das nun im einzelnen?

RA: Die Eindrücke in Büchern deutscher Sprache wie z. B. ›Nachdruck verboten‹ weisen nur auf das hin, was auch sonst von Gesetzes wegen gilt. Im Grunde sind sie überflüssig.

Anders beim Eindruck © oder ›Copyright‹. Der ist hauptsächlich erforderlich, um den Urheberschutz in den USA zu erlangen. Die USA halten daran fest, daß der Urheberrechtsschutz nur besteht, wenn er durch diesen Eindruck © und Name des Inhabers des Urheberrechtes, Jahreszahl der ersten Veröffentlichung ausdrücklich geltend gemacht wird. Die Grundlage für diese Kennzeichnung ist das Welturheberrechtsabkommen (WUA) vom 24. 7. 71. Diesem Abkommen haben fast alle Länder der Welt zugestimmt.

A.-W.: Gehen wir einmal davon aus, daß eine Veröffentlichung des Werkes und ein Vertragsabschluß mit einem Verlag bevorsteht.

Welche Rechte habe ich nun konkret und in welche Beziehung gerate ich rechtmäßig zum Verlag?

RA: Ihre Rechte faßt das Urheberrechtgesetz in § 11 zusammen. Es heißt da: »Das Urheberrecht schützt den Urheber in seinen geistigen und persönlichen Beziehungen zum Werk und in der Nutzung des Werkes.«

Hier möchte ich zunächst eingehen auf das *Veröffentlichungsrecht,* nach dem nur der Urheber bestimmen kann, ob und in welcher Art sein Werk zu veröffentlichen ist. Veröffentlichen heißt: der Öffentlichkeit wahrnehmbar machen.

Zum Urheberpersönlichkeitsrecht gehört weiter, daß Ihre Urheberschaft anerkannt wird, d. h. unter anderem ob das Werk mit Ihrem Namen oder einem Pseudonym versehen wird, was nur Sie bestimmen können.

Das Gesetz definiert weiter, welche Rechte die persönlichen und geistigen Beziehungen zum Werk schützen, es nennt sie Urheberpersönlichkeiten, und welche dem Schutz der materiellen Interessen des Urhebers der wirtschaftlichen Nutzung des Werkes dienen. Letztere werden Verwertungsrechte genannt. Sie stellen den vermögensrechtlichen Kern der Urheberrechte dar, sind das geistige Eigentum des Urhebers.

Danach erlangen mit dem Zeichen © – üblicherweise auf dem Titelblatt oder seiner Rückseite angebracht – Werke deutscher Autoren, die außerhalb der USA erstmalig veröffentlicht werden, also z. B. in der Bundesrepublik, den Schutz für ihr Werk auch in den USA.

Nun hat ein Verlag – worauf wir noch kommen – kein Urheberrecht, sondern nur der Autor. Trotzdem wird häufig nicht der Autor, sondern der Verlag als Copyrightinhaber hinter dem © genannt. Das ist üblich und hat den Vorteil, daß im Verhältnis Autor/Verlag letzterer für den Schutz des Urheberrechts in den USA und anderen dem WUA angeschlossenen Ländern zu sorgen hat. Der Autor kann jedoch darauf bestehen, daß er als Copyrightinhaber genannt wird.

Weiter haben Sie das Recht, Entstellungen des Werkes zu verbieten. Sie können sich z. B. dagegen wehren, daß man die Charaktere oder Personen Ihres Romanes ändert oder die Wesenszüge Ihres Werkes verzerrt.

Ein anderer Teil betrifft die Nutzung des Werkes: die Verwertungsrechte.

Hier gibt es einen Grundsatz, nach dem dem Urheber für jede Nutzung seines Werkes eine Vergütung zusteht.

Dieser Richtlinie entsprechend steht dem Urheber das ›ausschließliche Recht‹ zu, sein Werk zu verwerten, d. h. nur er allein kann bestimmen, in welcher Art und Form das Werk von Dritten und für Dritte genutzt werden soll und benutzt werden darf.

Hier kennen wir das Recht, Vervielfältigungsstücke des Werkes herzustellen (Vervielfältigungsrecht), und das Recht, diese Vervielfältigungen in den Verkehr zu bringen (Verbreitungsrecht). Darüber hinaus existieren eine lange Reihe weiterer Rechte, die Sie in dem hier veröffentlichten Normvertrag (siehe Seite 97 ff.) genau nachlesen können.

Das Vervielfältigungs- und das Verbreitungsrecht, also das Recht, ein Buch herzustellen und es in der Öffentlichkeit zu verbreiten, bezeichnen wir als das Hauptrecht. Erst, wenn das Buch vorliegt, können auf dieser Grundlage die anderen Rechte, die Nebenrechte entstehen.

Da Sie als Autor in der Regel ein Buch nicht selbst herstellen und verbreiten werden, müssen Sie das Hauptrecht einem Verlag zur Nutzung einräumen.

A.-W.: Dies wird in der Regel durch einen Vertragsabschluß geschehen. Was sollte dabei beachtet werden?

RA: Dieser Vertrag, in dem Sie einem Verlag das Vervielfältigungs- und Verbreitungsrecht einräumen, bedarf keiner besonderen Form. Er kann auch mündlich vereinbart werden. Ich empfehle jedoch dringend einen schriftlichen – von beiden Vertragsparteien unterschriebenen Vertrag.

Die rechtlichen Grundlagen für den Verlagsvertrag sind zum Teil im Urheberrechtgesetz, nur im wesentlichen vom Verlagsgesetz festgelegt; die meisten Vorschriften können jedoch durch Vereinbarung zwischen den Vertragsparteien auch geändert werden.

Ich empfehle Ihnen sehr: Besorgen Sie sich vor einem Vertragsabschluß den bereits erwähnten und in diesem Buch auch veröffentlichten ›Normvertrag für den Abschluß von Verlagsverträgen‹. Hier sind die Interessen von Autor und Verleger relativ fair abgewogen.

A.-W.: Nun würden mich die Nebenrechte, d. h. deren Verwertung noch näher interessieren...

RA: Ein Teil der für Sie in Frage kommenden Nebenrechte (Fotokopierrecht, Ausleihen und Vermieten eines Buches, Abdruck in Schulbüchern etc.) kann kraft Gesetz nur von sogenannten Verwertungsgesellschaften wahrgenommen werden. Für Sie als Literat ist die Verwertungsgesellschaft Wort (VG WORT) zuständig. [Hierzu finden Sie auf Seite 127–131 dieses Buches nähere Informationen.]

Besonders den Anfängern auf dem Gebiet der Literatur sei empfohlen, die verbleibenden Nebenrechte dem Verlag einzuräumen. Ihr Verlag, der in der Regel doch ein auf Gewinn eingerichtetes Unternehmen ist, wird sicher nichts unversucht lassen, Ihr Werk so gut wie möglich zu nutzen. Im allgemeinen hat der Verlag auch Beziehungen zu anderen Verlagen, um z. B. Übersetzungsrechte zu vergeben, Vorabdrucke bei Zeitungen unterzubringen etc.

A.-W.: Angenommen der Verlag tut nichts oder nur wenig für die Verwertung der Nebenrechte, oder der Lektor des Verlages streicht, erweitert, also ändert meinen Text ohne meine Zustimmung. Was dann?

RA: In solchen Fällen, wie Sie sie schildern, haben Sie die Möglichkeit, vom Vertrag zurückzutreten; sofern Sie nachweisbare Verstöße gegen Ihre Rechte haben. Dieser Rücktritt ist in § 32 des Verl.G. im Detail erläutert.

Im Falle der Nichtnutzung der Nebenrechte haben Sie das sog. Rückrufsrecht wegen Nichtausübung der Rechte durch den Verlag (§ 41 Urh.G.). Dieses Recht ist ebenso an Bedingungen geknüpft. Es kann nicht vor Ablauf von zwei Jahren seit Vertragsabschluß ausgeübt werden und dann auch erst, nachdem Sie den Rückruf unter Bestimmung einer ›angemessenen‹ Nachfrist angekündigt haben, so daß der Verlag vielleicht doch noch seine Rechte nutzen kann.

Gerade zu diesem Thema ›Rücktritt, Rückruf und fristloser Kündigung‹ würden erschöpfende Ausführungen hier den Rahmen sprengen. Wenn Sie zweifeln, ob der Verlag vertragsgemäß seine Aufgaben wahrnimmt, ob er möglicherweise Ihr Urheberrecht verletzt, lassen Sie sich von einem Rechtskundigen beraten.

A.-W.: Wo kann ich denn solchen Rat einholen?

RA: Ich meine, Sie erhalten beim Anwaltsverein oder bei der Anwaltskammer (Anschriften finden Sie im Telefonbuch – zumindest in jeder größeren Stadt) sicher Auskunft darüber, welche Anwälte sich im Urheber- und Verlagsrecht besonders auskennen. Vermutlich erhalten Sie auch bei den Schriftstellerverbänden und beim Börsenverein des Deutschen Buchhandels Namen von spezialisierten Anwälten.

A.-W.: Haben Sie aus Ihrer Erfahrung noch einige Dinge, die Sie – gerade für Anfänger – gerne weitergeben möchten?

RA: Ja, da wäre zunächst einmal der Erscheinungstermin Ihres Buches. Hier sollten Sie auf sehr genaue Datierung achten. Nein, nicht auf den Tag genau, aber bitte nicht ›rechtzeitig zur Buchmesse‹, was eine besonders beliebte Formel bei Verlagen ist, sondern wenn schon, dann ›rechtzeitig zur Buchmesse Herbst 94‹, zum Beispiel.

Achten Sie bitte auch auf die Optionsklausel. Option auf Ihre künftig von Ihnen geschriebenen Werke bedeutet, daß Sie einen Vertrag unterschreiben, wonach Sie Ihre künftigen Werke nur in diesem bestimmten Verlag veröffentlichen werden.

Ihnen als Anfänger würde ich nicht zu einem Optionsvertrag raten.

Besser Sie warten erst einmal ab, wie sich das Verhältnis zu Ihrem Verlag gestaltet.

Abschließend noch einmal: Prüfen Sie Zeile für Zeile den Vertrag, und – bevor Sie unterschreiben – lassen Sie alle Zweifel, die Sie am Text haben, vom Vertragspartner aufklären. Ein Rat, der im übrigen für alle Verträge gilt...

Uwe Heldt, Lektor und Herausgeber einer Literaturzeitschrift

Dr. Uwe Heldt, Lektor im Piper Verlag, war engagierter Herausgeber der Zeitschrift *Litfass*, deren Erscheinen bei Piper eingestellt wurde. Hier ein Interview mit ihm aus dem Jahre 1988.

A.-W.: Die Zeitschrift *Litfass* gibt es ja seit 1976. Sie wurde zunächst von Assen-Assenov begründet, seit 1981 erscheint sie – unter Ihrer Herausgebertätigkeit – im Piper Verlag. Welche Absicht verfolgen Sie in *Litfass?*

U.H.: *Litfass* soll ein Forum für junge Literatur sein, die Zeitschrift will für ihre Leser die Möglichkeit bieten, neue Entwicklungen, neue Namen in der Literatur kennenzulernen und einen Blick in die Werkstatt der schon arrivierten Autoren zu tun. Zugleich gibt *Litfass* so einzelnen Autoren die Chance, zum ersten Mal vor ein größeres Publikum zu treten. Daneben versuchen wir in besonderem Maße, über den ›nichtoffiziellen‹ Literaturbetrieb in der DDR, der oft wesentlich lebendiger und aufregender ist als hier im Westen, zu informieren.

A.-W.: Suchen Sie heute noch Manuskripte, welchen Genres?

U.H.: Manuskripte sind erwünscht – *Litfass* verstehe ich in erster Linie als *Textzeitschrift,* d. h., wir wollen weniger Rezensionen, Kommentare, sondern literarische Texte – also Lyrik, Prosa (kurze Stücke ebenso wie Ausschnitte aus Romanen), Essays zu literarischen Themen, Szenen, Theatertexte. Ich will künftig auch verstärkt Grafiker dazu ermuntern, geeignete Arbeiten einzusenden. An Einsendungen von Gedichten und Erzählungen hingegen herrscht kein Mangel.

A.-W.: ... und die werden alle gelesen?

U.H.: Im Gegensatz zu den Einsendungen an das Lektorat des Verlages, wo wir maximal zehn Prozent der eingereichten Manuskripte (bis 200–300 Texte pro Monat) wirklich verantwortlich prüfen können, sichte ich alle Einsendungen für *Litfass* genau. Den Wunsch nach ›Kommentierung‹, nach ›Ratschlägen‹ kann ich allerdings so gut wie nie erfüllen – dazu reicht einfach meine Zeit nicht.

Nicht verwendete Manuskripte werden zurückgesandt, wenn Rückporto beigelegt ist, ansonsten wandern sie nach einer gewissen ›Anstandsfrist‹ in den Papierkorb.

Daß einem ein guter Text einmal ›durchrutscht‹, bei den Lektoratszusendungen vor allem, ist nie auszuschließen, damit müssen die Autoren ebenso leben wie die Verlage.

A.-W.: Kommen wir noch mal zurück zu *Litfass*. Die meisten Literaturzeitschriften sind heute nach wie vor Zuschußunternehmen. Wie ist das bei *Litfass?*

U.H.: Obwohl *Litfass* schon zum Kreis der ›etablierten‹ Literaturzeitschriften gehört, hat sie sich bis heute noch nicht wirtschaftlich selbst tragen können. Der Verkauf der einzelnen Hefte ist sehr schwankend, seit die Zeitschrift allerdings in der Taschenbuchreihe ›Serie Piper‹ erscheint, hat sich ein erfreulicher Aufwärtstrend ergeben. Wesentlich aber ist vor allem, daß wir eine größere Anzahl von Abonnenten gewinnen können, um eine solidere Basis für die Zeitschrift zu erreichen.

A.-W.: Normalerweise gibt es für Veröffentlichungen in Literaturzeitschriften kein Autorenhonorar. Bei Ihnen soll das anders sein?

U.H.: Das Honorar, das wir zahlen können (z. Zt. 25 DM pro Druckseite), ist wahrhaftig nicht fürstlich, aber ich halte es für nicht sehr guten Stil, bei der Publikation von Texten eine Honorierung der Autoren von vornherein auszuschließen, wie dies leider häufig praktiziert wird. Das Honorar für den Autor gehört zu jeder Kalkulation dazu – genauso wie die Kosten für Satz und Druck.

A.-W.: Was würden Sie Nachwuchsautoren auf ihrer Suche nach Publikationsmöglichkeiten und – am besten – einem eigenen Buchverleger empfehlen?

U.H.: Der am wenigsten erfolgversprechende Weg ist der, der am häufigsten begangen wird – wobei letzteres aus ersterem resultiert: Manuskripte an Verlage einzusenden in der Hoffnung, dort werde man sie lesen, begutachten und, wenn schon, dann noch begründet ablehnen, beruht auf einer völligen Fehleinschätzung der Arbeitskapazitäten der Lektorate. Auch große Verlage haben maximal zwei Lektoren, die sich mit deutscher Gegenwartsliteratur befassen. Daß diese neben der konkreten Arbeit am laufenden Programm, dem Beobachten der literarischen Entwicklungen bei Wettbewerben und in Literaturzeitschriften auch noch mehr als ganz oberflächlich die beim Verlag eingehenden Manuskripte sichten, ist von der Quantität der Arbeit her einfach nicht machbar – in welcher Qualität diese Sichtung vorgenommen wird, kann man sich leicht vorstellen. Faktisch gerät fast jedes an einen belletristischen Verlag eingesandte Manuskript auf ein Fließband, auf dem es lediglich einmal umgetütet und mit einem hektographierten Formblatt versehen wird, um dann wieder zurück an den Absender zu gehen. Wie beliebt diese Zusendungen beispielsweise bei der Sekretärin eines Lektorates sind, kann man sich wohl denken. Es gibt andere Wege, die wesentlich erfolgversprechender sind, die jedoch ein wenig mehr Mühe erfordern. Literaturzeitschriften und -wettbewerbe bestehen in reicher Zahl, und hier ist das Feld, auf dem Verlage nach neuen Autoren suchen. Es ist auf jeden Fall sinnvoller, an zehn Literaturzeitschriften kürzere Beiträge einzusenden, als seinen 500-Seiten-Roman an drei (noch möglichst große) Verlage. Und jede Publikation erhöht die Chance, daß man auf einen Autor aufmerksam wird. Gibt es einen lebenden Autor, dem sich ein junger Schriftsteller in besonderem Maße verpflichtet fühlt, sollte er ihm einige Proben seiner Arbeit zuschicken. Die meisten werden in irgendeiner Weise reagieren; wenn sie sich von der Qualität der Texte überzeugen lassen, werden sie ihren Einfluß auf die Verlage nutzen, um dem Autor eine Veröffentlichungsmöglichkeit zu schaffen.

Lektoren treffen schließlich keine einsamen Entscheidungen, das Für oder Wider eines Buches wird immer auch in Dialogen inner- und außerhalb des Verlages erwogen. Der junge Autor sollte daher jede Gelegenheit wahrnehmen, die sich ihm bietet, um aus dem Ghetto des anonymen Manuskripteinsenders herauszukommen.

Gedanken zum Schluß

Nach soviel Praxis möchte ich ganz ans Ende einige Worte des Philosophen Arthur Schopenhauer stellen. Wenn ich ihm auch nicht in allen Punkten beipflichten mag, so denke ich trotzdem, daß dieser Beitrag anregen kann zum Nachdenken, zum Überdenken der eigenen Position und Intention und ebenso zur Diskussion.

»Zuvörderst gibt es zweierlei Schriftsteller: solche, die der Sache wegen, und solche, die des Schreibens wegen schreiben. Jene haben Gedanken gehabt oder Erfahrungen gemacht, die ihnen mitteilenswert scheinen; diese brauchen Geld, und deshalb schreiben sie, für Geld. Sie denken zum Behuf des Schreibens. Man erkennt sie daran, daß sie ihre Gedanken möglichst lang ausspinnen und auch halbwahre, schiefe, forcierte und schwankende Gedanken ausführen, auch meistens das Helldunkel lieben, um zu scheinen, was sie nicht sind; weshalb ihrem Schreiben Bestimmtheit und volle Deutlichkeit abgeht. Man kann daher bald merken, daß sie, um Papier zu füllen, schreiben: bei unsern besten Schriftstellern kann man es mitunter erleben: z. B. stellenweise in Lessings Dramaturgie und sogar in manchen Romanen Jean Pauls. Sobald man es merkt, soll man das Buch wegwerfen: denn die Zeit ist edel. Im Grunde aber betrügt der Autor den Leser, sobald er schreibt, um Papier zu füllen: denn sein Vorgeben ist, zu schreiben, weil er etwas mitzuteilen hat. – Honorar und Verbot des Nachdrucks sind im Grunde der Verderb der Literatur. Schreibenswertes schreibt nur, wer ganz allein der Sache wegen schreibt. Welch ein unschätzbarer Gewinn würde es sein, wenn, in allen Fächern einer Literatur, nur wenige, aber vortreffliche Bücher existierten. Dahin aber kann es nie kommen, solange Honorar zu verdienen ist. Denn es ist, als ob ein Fluch auf dem Gelde läge: jeder Schriftsteller wird schlecht, sobald er irgend des Gewinns wegen schreibt. Die vortrefflichsten Werke der großen Männer sind alle aus der Zeit, als sie noch umsonst oder für ein sehr geringes Honorar schreiben mußten. Also auch hier bewährt sich das spanische Sprichwort: honra y provecho no caben en un saco. (Ehre und Geld gehn nicht in denselben Sack.) – Der ganze Jammer der heutigen Literatur in und außer Deutschland hat zur Wurzel das Geldverdienen durch Bücherschreiben. Jeder, der Geld braucht, setzt sich hin und schreibt ein Buch, und das Publikum ist so dumm, es zu kaufen. Die sekundäre Folge davon ist der Verderb der Sprache.

Eine große Menge schlechter Schriftsteller lebt allein von der Narrheit des Publikums, nichts lesen zu wollen, als was heute gedruckt ist: – die Journalisten. Treffend benannt! Verdeutscht würde es heißen ›Tagelöhner‹.

Wiederum kann man sagen, es gebe dreierlei Autoren: erstlich solche, welche schreiben, ohne zu denken. Sie schreiben aus dem Gedächtnis, aus Reminiscenzen oder gar unmittelbar aus fremden Büchern. Diese Klasse ist die zahlreichste. – Zweitens solche, die während des Schreibens denken. Sie denken, um zu schreiben. Sind sehr häufig. – Drittens solche, die gedacht haben, ehe sie ans Schreiben gingen. Sie schreiben bloß, weil sie gedacht haben. Sind selten.

Jener Schriftsteller der zweiten Art, der das Denken bis zum Schreiben aufschiebt, ist dem Jäger zu vergleichen, der aufs Geratewohl ausgeht: er wird schwerlich sehr viel nach Hause bringen. Hingegen wird das Schreiben des Schriftstellers der dritten, seltenen Art, einer Treibjagd gleichen, als zu welcher das Wild zum voraus eingefangen und eingepfercht worden, um nachher haufenweise aus solchem Behältnisse herauszuströmen in einen andern ebenfalls umzäunten Raum, wo es dem Jäger nicht entgehn kann; so daß er bloß mit dem Zielen und Schießen (der Darstellung) zu tun hat. Dies ist die Jagd, welche etwas abwirft. –

Sogar nun aber unter der kleinen Anzahl von Schriftstellern, die wirklich, ernstlich und zum voraus denken, sind wieder nur äußerst wenige, welche über *die Dinge selbst* denken: die übrigen denken bloß über *Bücher,* über das von andern Gesagte. Sie bedürfen nämlich, um zu denken, der nähern und stärkern Anregung durch fremde, gegebene Gedanken. Diese werden nun ihr nächstes Thema; daher sie stets unter dem Einflusse derselben bleiben, folglich nie eigentliche Originalität erlangen. Jene ersteren hingegen werden durch die Dinge selbst zum Denken angeregt; daher ihr Denken unmittelbar auf diese gerichtet ist. Unter ihnen allein sind die zu finden, welche bleiben und unsterblich werden. – Es versteht sich, daß hier von hohen Fächern die Rede ist, nicht von Schriftstellern über das Branntweinbrennen.

Nur wer bei dem, was er schreibt, den Stoff unmittelbar aus seinem eigenen Kopfe nimmt, ist wert, daß man ihn lese. Historiker u. a. m. nehmen den Stoff unmittelbar aus den Büchern: aus diesen geht er in die Finger, ohne im Kopf auch nur Transitozoll und Visitation, geschweige Bearbeitung, erlitten zu haben. (Wie gelehrt wäre nicht mancher, wenn er alles das wüßte, was in seinen eigenen Büchern steht!) Daher hat ihr Gerede oft so unbestimmten Sinn, daß man vergeblich sich den Kopf zerbricht, herauszubringen, *was* sie denn am Ende denken. Sie denken eben gar nicht. Das Buch, aus dem sie schreiben, ist bisweilen ebenso verfaßt: also ist es mit dieser Schriftstellerei, wie mit Gipsabdrücken von Abdrücken von Abdrücken usf., wobei am Ende der Antinous zum kaum kenntlichen Umriß eines Gesichtes wird. Daher sollte man Kompilatoren möglichst selten lesen: denn es ganz zu vermeiden ist schwer; indem sogar die Kompendien, welche das im Laufe vieler Jahrhunderte zusammengebrachte Wissen im engen Raum enthalten, zu den Kompilationen gehören.

Kein größerer Irrtum, als zu glauben, daß das zuletzt gesprochene Wort stets das richtigere, jedes später Geschriebene eine Verbesserung des früher Geschriebenen und jede Veränderung ein Fortschritt sei. Die denkenden Köpfe, die Menschen von richtigem Urteil und die Leute, denen es Ernst mit der Sache ist, sind alle nur Ausnahmen; die Regel ist überall in der Welt das Geschmeiß: und dieses ist stets bei der Hand und emsig bemüht, das von jenen, nach reiflicher Überlegung Gesagte auf seine Weise zu verschlimmbessern. Daher hüte sich, wer über einen Gegenstand sich belehren will, sogleich nur nach den neuesten Büchern darüber zu greifen, in der Voraussetzung, daß die Wissenschaften immer fortschreiten und daß bei Abfassung dieser die ältern benutzt worden seien. Das sind sie wohl; aber wie? Der Schreiber versteht oft die ältern nicht gründlich, will dabei doch nicht geradezu ihre Worte gebrauchen, verballhornt und verhunzt daher das von ihnen sehr viel besser und deutlicher Gesagte; da sie aus eigener und lebendiger Sachkenntnis geschrieben haben. Oft läßt er das Beste, was sie herausgebracht haben, ihre treffendsten Erklärungen der Sache, ihre glücklichsten Bemerkungen, wieder fallen; weil er deren Wert nicht erkennt, das Prägnante derselben nicht fühlt. Ihm ist nur das Platte und Seichte homogen. – Schon oft ist ein älteres, vortreffliches Buch durch neuere, schlechtere, des Geldes wegen abgefaßte, aber prätentiös auftretende und durch die Kameraden angepriesene verdrängt worden. In den Wissenschaften will jeder, um sich geltend zu machen, etwas Neues zu Markte bringen: dies besteht oft bloß darin, daß er das bisher geltende Richtige umstößt, um seine Flausen an die Stelle zu setzen: bisweilen gelingt es kurze Zeit, und dann kehrt man zum alten Richtigen zurück. Jenen Neuerern ist es mit nichts in der Welt Ernst als mit ihrer werten Person... Im ganzen also gilt hier wie überall diese Regel: das Neue ist selten das Gute; weil das Gute nur kurze Zeit das Neue ist...

Das eigentliche Leben eines Gedankens dauert nur, bis er an den Grenzpunkt der Worte angelangt ist: da petrifiziert er, ist fortan tot, aber unverwüstlich, gleich den versteinerten Tieren und Pflanzen der Vorwelt. Auch dem des Kristalls, im Augenblick des Anschießens, kann man sein momentanes eigentliches Leben vergleichen.

Sobald nämlich unser Denken Worte gefunden hat, ist es schon nicht mehr innig, noch im tiefsten Grunde ernst. Wo es anfängt für andere dazusein, hört es auf, in uns zu leben; wie das Kind sich von der Mutter ablöst, wann es ins eigene Dasein tritt... Die Feder ist dem Denken was der Stock dem Gehn: aber der leichteste Gang ist ohne Stock und das vollkommenste Denken geht ohne Feder vor sich. Erst wenn man anfängt alt zu werden, bedient man sich gern des Stockes und gern der Feder...

[...]

Zu fast jeder Zeit ist, wie in der Kunst, so auch in der Literatur, irgendeine falsche Grundansicht oder Weise oder Manier im Schwange und wird bewundert. Die gemeinen Köpfe sind eifrig bemüht, solche sich anzueignen und sie zu üben. Der Einsichtige erkennt und verschmäht sie: er bleibt außer der Mode. Aber nach einigen Jahren kommt auch das Publikum dahinter und erkennt die Faxe für das, was sie ist, verlacht sie jetzt, und die bewunderte Schminke aller jener manierierten Werke fällt ab wie eine schlechte Gipsverzierung von der damit bekleideten Mauer: und wie diese stehn sie alsdann da. Nicht ärgern also, sondern freuen soll man sich, wenn irgendeine schon lange im stillen wirkende falsche Grundansicht einmal entschieden, laut und deutlich ausgesprochen wird: denn nunmehr wird das Falsche derselben bald gefühlt, erkannt und endlich ebenfalls ausgesprochen werden. Es ist damit, wie wenn ein Abszeß aufgeht...

[...]

Die *schönen Künste* durch *Geldbelohnungen,* Preisverteilungen, Akademien, Gesellschaften der Kunstfreunde, welche Stümpereien kaufen und verspielen, und dergleichen mehr aufmuntern zu wollen, ist ganz zweckwidrig und gereicht der Kunst zum Nachteil. *Denn dadurch muntert man die auf, welche nicht die Kunst, sondern das Geld lieben,* und ruft sonach zahllose Machwerke der Unberufenen ins Dasein, deren unübersehbare Menge dem echten Talent das Bekanntwerden erschwert, zumal da jene Geld-Künstler sich auf Mittel und Ränke verstehn, zu denen der Mann von Talent nicht geeignet ist.

Wer mit einem Talent geboren ist, findet sein Glück in diesem und bedarf keiner andern Belohnung; und er wird sich leichter gegen den Mangel schützen können als gegen das Heer unberufener Mitbewerber, welche vom Glanz des Goldes wie Maden von der Sonne ausgebrütet werden; wozu noch kommt, daß Midas stets geneigt ist, dem Marsyas den Lorbeer zu reichen.

Ein Haupthindernis der *Fortschritte* des Menschengeschlechts ist, daß die Leute nicht auf die hören, welche am gescheitesten, sondern auf die, welche am lautesten reden...«

Zitiert nach: Otto A. Böhmer (Hrsg.) *Vom Nutzen der Nachdenklichkeit. Ein Schopenhauer-Brevier.* München 1987

Literaturempfehlungen

In den einzelnen Kapiteln habe ich auf einige Bücher verwiesen. Diese und wenige andere mehr, die für Ihre Arbeit brauchbar und informativ sein könnten, möchte ich an dieser Stelle näher beschreiben:

Kürschners Deutscher Literaturkalender
erschienen im Verlag Walter de Gruyter, Berlin. Preis: 498 DM

Ein Monumentalwerk, das alle 4 Jahre in einer modifizierten Auflage erscheint.

Hier findet sich ein umfangreiches Verzeichnis deutschsprachiger Schriftsteller und Übersetzer. Es beinhaltet weiter Anschriften und Kurzbeschreibungen schöngeistiger Verlage, von Bühnenverlagen, literarischen Agenturen, Rundfunkanstalten, deutschsprachigen Zeitschriften, Autorenverbänden, Stiftungen sowie Preisen und Auszeichnungen.

498 DM können natürlich viel Geld sein. Ich kann mir vorstellen, daß gerade im Rahmen einer Autorengruppe, einer literarischen Arbeitsgemeinschaft solch eine Anschaffung möglich und nützlich sein könnte.

Meine Befragungen ergaben, daß dieses Nachschlagewerk in kleineren Büchereien nicht vorrätig ist. Hier besteht aber die Möglichkeit, es über die Zentralverleihstellen anzufordern.

Adreßbuch für den deutschsprachigen Buchhandel
Jedes Jahr im Oktober erscheint diese Publikation, die vom Börsenverein, Frankfurt, herausgegeben wird, in drei Bänden:

Band 1 Verlage
Band 2 Buchhandel
Band 3 Organisationen

In jeder guten Buchhandlung und größeren Bibliotheken werden Sie dieses Buch zur Einsichtnahme erbitten können.

Curt Vinz/Günter Olzog (Hrsg.)
Dokumentation Deutschsprachiger Verlage
10. Ausgabe, Olzog Verlag Wien, München, 1989
Preis: 88 DM

Literaten
Das Munzinger-Archiv stellt hier 250 deutschsprachige Literaten in ihrem Werdegang vor. Keine Pflichtlektüre, aber generell sicher für Nachwuchsautoren ganz interessant.
Erschienen 1983 im Munzinger-Archiv, Ravensburg.
(Vergriffen, jedoch ausleihbar.)

Literaturpreise in Deutschland
Ein Adreßbuch.
Edition Der Landbote, München, Preis: 25 DM

Dieses 1986 erschienene Buch faßt alle Literaturpreise und Auszeichnungen, dotiert oder undotiert, zusammen. Wir erhalten hier Auskunft über Kategorie, Zweck, Vergabekriterien, Dotierung und Anschriften.

Bedauerlich, daß nicht zu erkennen ist, um welche Preise Sie sich selbst bewerben können, um welche nicht.

Horst Müller-Wieland
Verleg dich doch selbst!
Praxisorientierte Anleitung zum erfolgreichen Gründen und Betreiben eines Kleinverlages
ISBN 3-923247-50-8
Tiplit-Verlag, Hamburg, 1987
Preis: 25 DM

Aus eigener kleinverlegerischer Erfahrung entstanden, gibt dieses Buch sehr genaue Anleitungen zur Verlagsgründung, über Anmeldungen, Steuern und sonstige Formalitäten.

Über Satz-, Druck- und Bindearbeiten als Kostenfaktoren, über das Kalkulieren bis hin zum Layout, Umbruch und Gestaltung finden Sie Anleitungen und Rechenbeispiele im Detail.

Auch über den Absatz des Buches sind Wege und Erfahrungswerte geboten, wenngleich diese natürlich keine Erfolgsgarantie geben können.

Wer jedoch mangels anderer Gelegenheit zum Selbstverleger avancieren möchte, dem empfehle ich diese Arbeit sehr. Der relativ hohe Preis von 25 DM für 52 DIN-A4-Seiten in Spiralbindung könnte sich lohnen.

Urheber- und Verlagsrecht
Reihe Beck-Texte im dtv, Nr. 5538
Preis: 14,80 DM

Um einen Einblick in die rechtliche Situation, der oft dringend notwendig ist, zu erhalten, sei an dieser Stelle das obige Taschenbuch empfohlen.

Es handelt sich um eine Textausgabe der verschiedenen Gesetze, die das Urheber- und Verlagsrecht regeln sollen. Dem vorangestellt ist eine gut verständliche Einführung in das Thema.

Sie finden hier Informationen zum Urheberrecht, Verlagsrecht, Urhebervertragsrecht, Rechte der urheberrechtlichen Verwertungsgesellschaften sowie zum internationalen Urheberrecht (Berner Übereinkunft, Welturheberrechtsabkommen etc.).

Kunst in Köln
Kiepenheuer & Witsch Verlag, 1987
Preis: 19,80 DM

Hier werden Adressen von Museen, Galerien, Künstlern aufgeführt; es werden Tips zum Kunstmarkt und anderen Treffpunkten vorgestellt, und es wird die Lage der Kulturpolitik aufgezeigt.

Dieser Führer durch den Kölner Kultur- und Kunstdschungel ist zur *Art Cologne* September 1987 erschienen.

Auch für andere Städte gibt es ähnliche Führer, die bei den Kulturämtern mit Sicherheit bekannt sein dürften.

Werner B. Korte
Neue Medien und Kommunikationsformen
Auswirkungen auf Kunst und Kultur. Untersuchung zum künftigen Verhältnis von neuen Techniken und traditionellen Kunst- und Kulturbereichen. K. G. Saur Verlag, München, 1985
Preis: 88 DM

K. Neuhoff/A. Schindler/H. J. Zwingmann
Stiftungshandbuch
NOMOS Verlagsgesellschaft
Preis: 49 DM

Dieses Handbuch enthält Angaben über ca. 300 gemeinnützige Förderstiftungen und stiftungsähnliche Institutionen der Bundesrepublik Deutschland. Die Stiftungszwecke umfassen jedoch das ganze Spektrum gemeinnütziger Aktivitäten.

Das Buch gibt lediglich global Auskunft und ist sicher nur bedingt für Autoren nützlich.

Josef Wintjes (Hg.)
Verzeichnis deutschsprachiger Literaturzeitschriften 1989/90
Günter Emigs VdL. Idee Archiv Amsterdam 1989

Ca. 100 Literaturzeitschriften werden hier vorgestellt. Sie erfahren Wesentliches über die Herausgeber, den Preis, Anspruch, Zielsetzung sowie die Redaktionsanschrift.

Darüber hinaus gibt es einen redaktionellen Teil, der Essays zum Thema Literatur beinhaltet.

Bei einem Preis von 18 DM eine sinnvolle Anschaffung, die den Überblick und die aktive Arbeit im Bereich Literaturzeitschriften erleichtern kann.

Da im Abstand von einigen Jahren modifizierte Ausgaben erscheinen, bitte den neuesten Stand der Dinge beim Herausgeber erforschen, der natürlich auch gern Ihre Bestellung entgegennimmt.

Die deutschen Vollredaktionen
Teil 1 Zeitungen, Teil 2 Zeitschriften
Verlag Dieter Zimpel, München

Dieses Loseblattwerk kostet 280 DM pro Band; die monatlichen Nachträge, die für die hohe Aktualität sorgen, 32 DM pro Monat und Band.

Das Handbuch gibt Auskunft über die selbständigen Zeitungseinheiten, die Ressorts, deren Leiter und über die zuständigen Redakteure.

Behandelt werden im Band 1 Tages-, Wochen-, Sonntags- und Wirtschaftszeitungen, Stadtmagazine, Gastarbeiterzeitungen. Darüber hinaus findet sich Material über Presse- und Informationsdienste, Nachrichtenagenturen pp.

Sie erfahren hier neben Auflagenhöhe, Redaktionsschluß, Adressen insbesondere die genaue Besetzung der Ressorts und Redaktionen. Das Handbuch gibt Auskunft darüber, welche der Zeitungen in der Bundesrepublik Deutschland eine eigene Vollredaktion besitzt und über die angeschlossenen Zeitungen (Kopfblätter, Bezirksausgaben).

Alles in allem ein Werk, das in der Praxis wertvolle Hilfe leisten kann; auch dem Autoren, wenngleich es wohl doch eher für PR-Fachleute gedacht ist.

Da der Preis nicht gerade niedrig ist, ist auch hier eine Gemeinschaftsanschaffung in einer Autorengruppe zweckmäßig oder guter Kontakt zur Redaktion der Heimatzeitung, die ›den Zimpel‹ zur Hand haben wird.

Michael Haller
Recherchieren – Ein Handbuch für Journalisten
Verlag Ölschläger GmbH, München, 3. Auflage 1989
Preis: 30,80 DM

Erhardt D. Stiebner
Bruckmanns Handbuch der Drucktechnik
Bruckmann Verlag, München, 4., überarbeitete Auflage 1986
Preis: 78 DM

Besonders für Selbstverleger dürfte dieses Buch von Interesse sein. Sie finden hier anschaulich erläutert, was heute drucktechnisch möglich ist. Das Buch stellt alle Arbeitsgänge dar, die von der ersten Idee bis zum endgültigen Druck durchlaufen werden müssen.

Einen bemerkenswerten Vorzug bietet die Klarheit und Übersichtlichkeit dieses praktischen Standardwerkes.

Hans-Peter Hillig
Urheber und Verlagsrecht
Beck-Texte im dtv, Band 5538

Ströer/Karuga
Sozialversicherung der Künstler und Publizisten
Beck-Texte im dtv, Band 5617
Kranken-, Renten- und Unfallversicherung unter Berücksichtigung des Rentenrechtes ab 1992

Dr. Gernot Schulze
Meine Rechte als Urheber
Beck-Texte im dtv, Band 5291
Urheber- und Verlagsrecht. Dieser Band richtet sich nicht nur an Schriftsteller, bzw. Verleger, sondern auch an Komponisten, Maler, Grafiker, Designer, Photographen, Wissenschaftler, Künstler und deren Produzenten, bzw. Werknutzer.

H. J. Fischer und Steven A. Reich (Hrsg.)
Der Künstler und sein Recht
Beck'sche Verlagsbuchhandlung

Wolfgang Bittner
Von Beruf Schriftsteller
Beltz-Verlag
Information für Jugendliche

Literatur Taschenkalender
Lamuv-Verlag
erscheint jährlich – Kalendarium mit diversen literarischen Texten und Gedenkdaten

Marcel Reich-Ranicki
Literatur der kleinen Schritte
dtv 1991

Wilhelm Ruprecht Frieling
Wie schreibe ich meine Erinnerungen?
Verlag Frieling und Partner 1991

Wilhelm Ruprecht Frieling
Wörterbuch der Verlagssprache
Verlag Frieling und Partner

Marion Nietsch
Wenn ich schreibe
Verlag Schelzky & Jeep, 1990
Empirische Studien zur Schreibanregung, Motivation, Blockaden

Dirk R. Meynecke
Die Autorenfibel
Ehrenwirth-Verlag 1991
Von der Idee zum Bucherfolg

W. Christian Schmitt
Vor dem Ende der Lesekultur
Morstadt-Verlag
20 Jahre Buch- und Literaturmarkt aus nächster Nähe

Wilhelm Stöckle
ABC des Buchhandels
Lexika Verlag, 8. Auflage

Karl Egbert Wenzel
Urheberrecht für die Praxis
Schäffer Verlag

Ulrich Stiehl
Die Buchkalkulation
Verlag Otto Harrassowitz
Ein Lehr- und Übungsbuch mit zahlreichen Musterkalkulationen und einem PC-Kalkulationsprogramm

Hubert Blana
Die Herstellung
K. G. Saur-Verlag
Ein Handbuch für die Gestaltung sowie Technik und Kalkulation von Buch, Zeitschrift und Zeitung

Ralf Plenz
Buchherstellung
Verlag Beruf + Schule
Ein Leitfaden für Verleger, Lektoren und andere Verlagsmitarbeiter

Hannes Schwenger
Literaturproduktion
J. B. Metzlersche Verlagsbuchhandlung, 1979
Realien zur Literatur

Günter Niggl (Hrsg.)
Die Autobiographie
Wissenschaftliche Buchgesellschaft Darmstadt, 1989
Zur Form und Geschichte einer literarischen Gattung

Grundlagen und Technik der Schreibkunst
Band 1 und Band 2,
Weltbild Verlag 1991
Handbuch für Schriftsteller, Pädagogen, Redakteure, Germanisten und angehende Autoren

Haberstrumpf
Verlagsrecht
Wissenschaftliche Buchgesellschaft Darmstadt

Reinhard Wittmann
Geschichte des deutschen Buchhandels
Verlag C. H. Beck, München 1991

Erhardt Heinold
Bücher und Büchermacher
Decker & Müller Verlag, 1988
Was man von Verlagen und Verlegern wissen sollte

Hans-Helmut Röhring
Wie ein Buch entsteht
Wissenschaftliche Buchgesellschaft Darmstadt 1992
Einführung in den modernen Buchverlag

Peter Renz (Hrsg.)
Dichterlesung
Verlag Robert Gessler, 1988
Vom Kampf des Autors mit dem Publikum. Beiträge von Brecht, Hesse, Walser, Böll, Troll, Kaschnitz und anderen

Jost Hochuli
Das Detail in der Typographie
Deutscher Kunstverlag 1990

Egbert Wenzl
Das Recht der Wort- und Bilderstattung
Verlag Otto Schmidt KG, 4. Auflage 1992

Märthesheimer, Field u. a.
Drehbuchschreiben für Fernsehen und Film
P. List Verlag

Michael Itschert
33 Tips für Kleinverleger
Gardez!-Verlag
Literatur, Adressen, Anregungen

Robert Gernhardt
Gedanken zum Gedicht
Haffsmanns Verlag 1992
Thesen zum Thema: Warum schreiben Sie Gedichte?

Natalie Goldberg
Der Weg des Schreibens
Knaur Taschenbuch 4275, 1991

Heinz Püschel
Urheberrecht im Überblick
Haufe Verlag 1991
Eine Einführung in das Urheberrechtsgesetz

Felix P. Ingold/Werner Wunderlich (Hrsg.)
Fragen nach dem Autor
Universitäts Verlag Konstanz, 1992
Positionen und Perspektiven zur Frage »Gelehrter, Künstler oder Unternehmer? Wer oder was ist ein Autor?«

VLaB
Verzeichnis lieferbarer anderer Bücher!
Katalog zur 12. Mainzer Minipresse Messe 93/94
édition tréves, 1993
Wird jährlich herausgegeben

Hans J. Schütz
Verbotene Bücher
Beck'sche Reihe Band 415, 1990
Die Geschichte der Zensur von Homer bis Henry Miller

Verrat an der Kunst
Aufbau Verlag 1993
Rückblicke auf die DDR-Literatur

Fachzeitschriften für den Buchhandel

Börsenblatt (erscheint zweimal wöchentlich)
Bezugsadresse: Börsenverein des Deutschen Buchhandels,
Postfach 100442, 60004 Frankfurt

Buchmarkt (monatliche Erscheinungsweise)
Bezugsadresse: Verlag K. Werner, Rochusstraße 34,
40479 Düsseldorf

Buchreport (wöchentlich)
Bezugsadresse: Harenberg Kommunikation Verlags- und Werbegesellschaft, Postfach 101852/62, 44018 Dortmund

Diese Fachzeitschriften sind für Autoren nur bedingt interessant. Sie dürften aber in jeder guten Buchhandlung einsehbar sein.

Auf dem amerikanischen Markt gibt es eine ganze Reihe von Ratgebern und Anleitungen zu unserem Thema; natürlich auf die dortigen Verhältnisse zugeschnitten.

Der führende Verlag in diesem Genre (Writer's Digest Books, 9933 Alliance Road, Cincinnati, OHIO 45242) bietet eine große Anzahl von Titeln an, die teilweise sehr speziell zu sein scheinen. Um nur einige zu nennen:

The complete Handbook of Freelance Writers
How to Become a Bestselling Author
The complete Guide to Self-Publishing
How to write the story of your life
Law & Writer
Beginning Writer's Answer Book
The Poet Handbook
How to write a Cookbook & get it published

Ich habe die Qualität und Verwertbarkeit dieser Bücher nicht überprüft; das mag derjenige selbst tun, der sich in den USA schriftstellerisch betätigen oder etablieren will.

Empfehlenswert, um einen allgemeinen Einblick in den amerikanischen Buchmarkt zu erhalten, ist der Titel *How to get your book published – an insider's guide* – von Herbert W. Bell, erschienen im obigen Verlag.

Adressen

Autorengruppen und -verbände

Interessengemeinschaft deutschsprachiger Autoren
Grete Wassertheurer, Postfach 22 29, 71371 Weinstadt
Jutta Miller-Waldner, Müllerstraße 22 E, 12207 Berlin

Schriftsteller in Schleswig Holstein e. V.
Saseler Damm 73, 22395 Hamburg

Deutscher Autoren-Verband e. V.
Sophienstraße 2 (Künstlerhaus), 30159 Hannover

Neue Gesellschaft für Literatur Erlangen
Inge Obermayer, Niendorfstraße 25, 91054 Erlangen

Bundesverband deutscher Autoren
Calvinstraße 19, 10557 Berlin

GEDOK
Verband der Gemeinschaften der Künstlerinnen und Kunstfreunde e. V., Dr. med. Renate Massmann, Einern 29, 42279 Wuppertal

Initiative junger Autor(inn)en Essen e. V.
Kortumstraße 47, 45130 Essen

Literaturbüros in NRW e. V.

Düsseldorf:
Heine-Geburtshaus, Bolkerstr. 53, 40213 Düsseldorf

Ruhrgebiet:
Friedrich-Ebert-Str. 8, 35394 Gladbeck

Westfalen:
Markt 1, 59423 Unna

Ostwestfalen-Lippe:
Haus der Landesbibliothek, Hornsche Str. 41, 32756 Detmold

Süd:
Kurfürstenallee 2 – 3, 53177 Bonn

Freier Deutscher Autorenverband (FDA)

Klosterstraße 56, 55124 Mainz

Landesverbände

Baden-Württemberg, 72070 Tübingen, Weilerhalde 41

Bayern, 80333 München, Pacellistraße 8/III

Berlin, 14131 Berlin, Postfach 37 01 52

Hamburg, 20149 Hamburg, Hochallee 11

Hessen, 61476 Kronberg, Mainblick 15

Niedersachsen, 37075 Göttingen, Stauffenbergring 13

Nordrhein-Westfalen, 53127 Bonn, Quellenweg 11

Saarland, 66740 Saarlouis, Prälat-Subtil-Ring 1

Schriftsteller in Schleswig-Holstein e. V., (mit Eutiner Kreis) 23758 Kükelühn, Melusinenhof

Verband deutscher Schriftsteller (VS) in der IG Druck und Papier

Bundesgeschäftsstelle
70174 Stuttgart, Friedrichstr. 15/III

Landesbezirk **Baden-Württemberg**
Theodor-Heuss-Straße 16, 70174 Stuttgart

Landesbezirk **Bayern**
Schwanthalerstraße 64, 80336 München

Landesbezirk **Berlin**
Dudenstraße 10, 10965 Berlin

Landesbezirk **Nord**
Besenbinderhof 60, 20097 Hamburg

Landesbezirk **Hessen**
Wilhelm-Leuschner-Straße 69–77, 60329 Frankfurt/M.

Landesbezirk **Niedersachsen**
Dreyerstraße 6, 30169 Hannover

Landesbezirk **Nordrhein-Westfalen**
Hohenzollernring 85–87, 50672 Köln

Landesbezirk **Rheinland-Pfalz-Saar**
Binger Straße 20, 55122 Mainz

Landesbezirk **Südost**
Karl-Liebknecht-Straße 30–32, 04107 Leipzig

Bundessparte **Übersetzer**
Soatspad 18, 47638 Straelen

Weiterführende Adressen

Hier finden Sie weitere Anregungen, Anschriften, die für Ihre Arbeit nützlich sein könnten.

Im Raum Bottrop ist Artur K. Führer seit langem aktiv. Er schreibt selbst und hat vor einigen Jahren ein Literaturbüro gegründet. Unter anderem veranstaltet er Lesungen und räumt auch weniger bekannten Autoren eine Chance ein. Näheres bitte selbst erfragen (Rückporto!!) bei Literaturbüro Ruhrgebiet, Böckenhoffstraße 7, 46236 Bottrop (für Autoren aus dem Ruhrgebiet) und sonst: Deutsches Literatur Büro, In der Schanze 64, 46242 Bottrop.

Die Bundesversicherungsanstalt gibt eine Broschüre heraus zum Thema **Der Künstler und seine Rente.** Sie erhalten sie bei der BFA – Dezernat für Presse- und Öffentlichkeitsarbeit –, Ruhrstraße 2, 10709 Berlin.

Auf 162 Seiten finden Sie hier ausführliche Informationen zum Thema Rente, Krankenversicherung sowie über Zuschüsse.

Literarische Gesellschaften

Deutsche Schillergesellschaft
Schillerhöhe 8, 71672 Marbach, Tel. (07144)6061
Verwaltung des Schillermuseums und des Deutschen Literaturarchives

Arbeitskreis für Jugendliteratur
Elisabethstraße 15, 80796 München, Tel. (089)2711359

Heinrich Heine Gesellschaft
Bilker Straße 14, 40213 Düsseldorf, Tel. (0211)899574

Hölderlin Gesellschaft
Hölderlinhaus, 72070 Tübingen, Tel. (07071)22040

Karl-May-Gesellschaft
Swebenbrunnen 8, 22159 Hamburg, Tel. (040)6433307

Literarisches Kolloquium Berlin
Am Sandwerder 5, 14109 Berlin, Tel. (030)8025681

Werkkreis Literatur der Arbeitswelt
Postfach 180227, 50505 Köln, Tel. (0221)734744

Es gibt in verschiedenen Städten der BRD solche Arbeitskreise.

Literatur-Seminare

Volkshochschulen, Autorengruppen oder auch einige Schriftsteller veranstalten Literatur-Seminare.

Hier gibt es unterschiedlichste Inhalte.

Beinhaltet eine Veranstaltung meistens reine Beschäftigung mit Literatur zum Lesen, Interpretieren etc., so sind andere für Selbstschreiber konzipiert.

Kultusministerien (für Förderungsanträge)

Ministerium für Kultur und Sport Baden-Württemberg
Postfach 103442, 70029 Stuttgart, Tel (0711) 2790

Bayerisches Staatsministerium für Unterricht und Kultus
Salvatorstraße 2, 80333 München 2, Tel. (089) 21861

Senator für Wissenschaft und kulturelle Angelegenheiten Berlin
Europacenter, 10789 Berlin, Tel. (030) 2123-1

Der Senator für Wissenschaft und Kunst
Katharinenstraße 12, 28195 Bremen, Tel. (0421) 3611

Kulturbehörde
Hamburger Straße 45, 22083 Hamburg, Tel. (040) 291881

Der Hessische Kultusminister
Luisenplatz 10, 65185 Wiesbaden, Tel. (06121) 3680

Der Niedersächsische Kultusminister
Schiffgraben 12, 30159 Hannover, Tel. (0511) 1201

Der Kultusminister des Landes Nordrhein-Westfalen
Völklinger Straße 49, 40221 Düsseldorf, Tel. (0211) 30351

Verlage

Neben den Anschriften einiger bekannter und großer Verlage finden Sie in dieser Aufstellung vor allem die Adressen von Kleinverlagen mit neuerer deutscher Literatur. Es kann hier jedoch nur eine Auswahl stehen.

Wenn Sie sich mit umfangreicherem Adressenmaterial versorgen wollen, empfehle ich Ihnen folgende Publikation *Anschriften deutscher Verlage,* erschienen im Verlag der Schillerbuchhandlung Hans Banger oHG, Guldenbachstraße 1, 50935 Köln. Hier finden Sie Verlagsadressen, Adressen literarischer Agenturen, Bildagenturen und Verlagsvertreteradressen.

Allerdings: Hinweise auf das Verlagsprogramm des jeweiligen Verlages finden Sie hier nicht.

In dieser Hinsicht bietet Ihnen der Katalog zur Frankfurter Buchmesse mehr Informationen. Er ist jedoch nicht so vollständig. Ohnehin ist es anzuraten, sich von Ihrem Buchhändler erst einmal grundsätzlich beraten zu lassen, welcher Verlag an Ihrem Genre überhaupt Interesse haben könnte.

aktuell – Verlag für Literatur der Gegenwart
Jahnstaße 22, 71384 Weinstadt

Arche Verlag AG
Hölderlinstraße 14, CH-8030 Zürich

Argon Verlag
Potsdamer Straße 77–78, 10785 Berlin

Verlag Ars Nova
Kirchstraße 14 a, 77736 Zell a. H.

Artemis & Winkler Verlag
Münstergasse 9, CH-8001 Zürich

Aufbau-Verlag, Rütten u. Loening und Aufbau-Taschenbuchverlag
Französische Straße 32, 10117 Berlin

Bastei Lübbe Taschenbücher
Scheidtbachstraße 23–31, 51469 Bergisch Gladbach

Battert Verlag
Töpferweg 10, 76532 Baden-Baden

Ute Bernhardt-Pätzold
Bahnhofstraße 13+17, 31655 Stadthagen

Beltz Verlage Weinheim
Postfach 10 01 54, 69441 Weinheim

Blanvalet Verlag GmbH
Neumarkter Straße 18, 816739 München

Bleicher Verlag
Weilimdorfer Straße 76, 70839 Gerlingen

Consens Verlag Hellmuth Hirschel
Mittlerer Bauernwaldweg 38, 70195 Stuttgart-Botnang

Inge und Theo Czernik Edition L
Zollernstraße 4, 72290 Lossburg

Diogenes Verlag AG
Sprecherstraße 8,CH-8032 Zürich

Droemer Knaur Verlag
Rauchstraße 9–11, 81679 München

dtv-Taschenbuch-Verlag
Friedrichstraße 1 a, 80704 München

Edition Aragon
Neumarkt 7–9, 47441 Moers

Eichborn-Verlag
Kaiserstraße 66, 60329 Frankfurt

Ehrenwirth Verlag
Schwanthaler Straße 91, 80336 München

EinfallsReich Verlagsgesellschaft mbH
Wolfenbütteler Straße 18, 38102 Braunschweig

Verlag Peter Erd GmbH
Gaißacher Straße 18, 81371 München

Fischer Verlag und Wolfgang Krüger Verlag
Hedderichstraße 114, 60598 Frankfurt

Antje Kunstmann Verlag
Georgenstraße 123, 80798 München

Frederking & Thaler GmbH
Georgenstraße 70, 80799 München

Verlag Frieling & Partner
Liliencronstraße 8, 12247 Berlin

Gardez!Verlag
Neue Mainzer Straße 43, 55129 Mainz

Gauke Verlag
Weberkoppel 5, 24321 Stöfs

Bruno Gmünder Verlag OHG
Dessauer Straße 1–2, 10963 Berlin

Carl Hanser Verlag
Kolbergerstraße 22, 81679 München

Haffmans Verlag
Hubenstraße 19, CH-8062 Zürich

Wilhelm Heyne Verlag
Türkenstraße 5–7, 80333 München

Verlag Peter Höll
Bartningstraße 10, 64289 Darmstadt

Verlag Hoffmann und Campe
Harvestuder Weg 45, 20149 Hamburg

Info-Verlagsgesellschaft
Amalienstraße 42 a, 76019 Karlsruhe

Insel Verlag
Lindenstraße 29–35, 60325 Frankfurt

Verlag Kiepenheuer & Witsch
Bondorfer Straße 5, 50968 Köln

Der Kinderbuch Verlag
Meinekestraße 4, 10719 Berlin

P. Kirchheim Verlag
Menzinger Straße 138, 80997 München

Klett-Cotta
Rotebühlstraße 77, 70178 Stuttgart

Lucy Körner Verlag
Bahnhofstraße 49, 70734 Fellbach

Kösel-Verlag
Flüggenstraße 2, 80639 München

Luchterhand Literaturverlag GmbH
Mühlenkamp 6 c, 22303 Hamburg

Gustav Lübbe Verlag
Scheidtbachstraße 23–25, 51469 Bergisch Gladbach

Maro Verlag
Riedinger Straße 24, 86153 Augsburg

Mitteldeutscher Verlag GmbH
Große Brauhausstraße 17 a, 06108 Halle/Saale

Verlag Dirk Nishen
Bülowstraße 66, 10783 Berlin

Oberbaum Taschenbuchverlag GmbH
Friedelstraße 6, 12047 Berlin

Reiner Padligur Verlag
Moltkestraße 10, 58089 Hagen

R. Piper GmbH & Co KG
Georgenstraße 4, 80799 München

Postskriptum Verlag
Annenstraße 5, 30171 Hannover

Rasch & Röhring Verlag
Großer Burstah 42, 20457 Hamburg

Konrad Reich Verlag GmbH
Pädagogienstraße 20, 18055 Rostock

Verlag Winfried Richter
Wörthstraße 24/IV, 81614 München

Rowohlt Verlag
Hamburger Straße 17, 21465 Reinbek

Scherz Verlag AG
Theaterplatz 4–6, Postfach 850, CH-3000 Bern 7

Franz Schneekluth Verlag
Widenmayerstraße 34, 80538 München

Franz Schneider Verlag GmbH
Frankfurter Ring 150, 80807 München

Verlag Stendel
Beim Hochwachtturm 8A, 71332 Waiblingen

Suhrkamp Verlag
Lindenstraße 29–35, 60325 Frankfurt/Main

Tessloff Verlag
Burgschmietstraße 2–4, 90419 Nürnberg

Verlag Carl Ueberreuter
Alser Straße 24, A-1090 Wien

Ullstein Verlag
Lindenstraße 76, 10969 Berlin

Umschau Buchverlag
Stuttgarter Straße 18–24, 60329 Frankfurt

Verlag freie Autoren
von-Schildeck-Straße 12, 36043 Fulda

Weismann Verlag, jetzt Antje Kunstmann Verlag
Georgenstraße 123, 80798 München

Verlag rosa Winkel GmbH
Postfach 62 06 04, 10796 Berlin

Anmerkung
Um Ihnen und den Verlagen Kosten und Zeit zu ersparen, ist es ratsam, niemals gleich ein Manuskript einzusenden. Bitte skizzieren Sie kurz, was Sie zu bieten haben, und fragen sie vorerst an, ob von seiten des Verlags überhaupt Interesse besteht.

Literaturzeitschriften

(mit Redaktionsanschriften)

Adagio
Zeitschrift der Arbeitsgemeinschaft deutschsprachiger Autoren
Verlag freier Autoren, von-Schildeck-Straße 12, 36043 fulda

Akzente
Carl Hanser Verlag, Kolberger Straße 22, 81679 München

Am Erker
Zeitschrift für Literatur etc.
Dahlweg 64, 48153 Münster

Analle
Zeitschrift für Kultur
Verlag Michael Kellner, Admiralitätenstraße 71/72, 20459 Hamburg

Die andere Welt
Ein Magazin nicht nur für Lesben und Schwule
Postfach 24, 10371 Berlin

Bateria
Zeitschrift für künstlerischen Ausdruck
Manfred Rothenberger, Siemensstraße 35, 90766 Fürth

Blizz
Das Infozine für Science Fiction & Fantasy
Adresse fehlt noch.

Das Boot
Blätter für Lyrik der Gegenwart
Jahnstraße 22, 71384 Weinstadt

Büroklammer
Westfälisches Literaturbüro in Unna e. V.
Stadtbücherei, Markt 1, 59423 Unna

Drehpunkt
Die Schweizer Literaturzeitschrift
Lenos Verlag, Spalentorweg 12, CH-4051 Basel

edition junge poesie
INFO Verlag GmbH, Postfach 3367, 76019 Karlsruhe 1

Einblick
Michael Schönauer, Kreuzäcker 25, 71634 Ludwigsburg

Einblick
Zeitschrift für Prosa, Lyrik, Grafik und Fotografie
Wolfgang Gsell, Klugestraße 38, 70197 Stuttgart

Essener Literatur Flugblätter
Initiative junger Autoren e. V.
Kortumstraße 47, 45130 Essen

Die Feder
Zeitschrift für Journalisten und Schriftsteller
IG Druck und Papier, Friedrichstraße 15, 70147 Stuttgart

Flugasche
Literaturzeitschrift
Flugasche Verlag, Lembergstraße 20, 70188 Stuttgart

Gegengift
Ilmgaudruckerei und Verlags GmbH
Raiffeisenstraße 24, 85276 Pfaffenhofen

Hessischer Literaturbote
Zeitschrift für Literatur
Verlagsbuchhandlung Heinz Schutt, Arnsburger Straße 76, 60385 Frankfurt

die horen
Zeitschrift für Literatur
Wirtschaftsverlag NW GmbH, Am Alten Hafen 115, 27568 Bremerhaven

IGdA-aktuell
Hochschildstraße 16, 60435 Frankfurt am Main

Impressum
Böckenhoffstraße 7, 46236 Bottrop

Köllefornia
Verlag Horst Tress, Merkenicher Straße 205, 50735 Köln

Konzepte
Magazin für eine junge Literatur
Richard-Wagner-Straße 45, 45128 Essen

Der krähende Hahn
Einumer Straße 93, 31135 Hildesheim

L – die Literaturzeitschrift
Alison Alert Verlags GmbH, Zum Horsthof 6,
31749 Auetal-Rolfshagen

Lebensbaum
Markgrafenstraße 21, 91438 Bad Windsheim

Lillegal
Kirchenstraße 10/4, A-5020 Salzburg

Die Liste
Zeitschrift für Lyrik, Grafik, Prosa
Franziusstraße 44, 60314 Frankfurt

Listen
Jordanstraße 14, 60486 Frankfurt

Der Literat
Fachzeitschrift für Literatur und Kunst
Hohlweg 27, 65812 Bad Soden

Der Literaturbote
Hess. Literaturbüro im Mousonturm e. V.
60316 Frankfurt

Manuskripte
Zeitschrift für Lyrik, Prosa und Kritik
Forum Stadtpark, Stadtpark 1, A-8011 Graz

Muschelhaufen
Hospitalstraße 101, 41751 Viersen

neue deutsche Literatur
Monatszeitschrift für deutschsprachige Literatur und Kritik
Aufbau Verlag Berlin und Weimar, Französische Straße 32,
10105 Berlin

Orte
Gasthaus Kreuz, Postfach 20 28, CH-8033 Zürich

Die Palette
Literatur von Randgruppen
Arao Jesse, Kaufstraße 33, 8600 Bamberg

Passauer Pegasus
Zeitschrift für Literatur
Wörthstraße 8, 94032 Passau

Perspektiven
Das kulturelle Lesemagazin
Arman Notghi Verlag, Boppstraße 2, 55118 Mainz

Rind & Schlegel
Zeitschrift für Literatur
Klaus Friedrich, Ursulastraße 10, 80802 München

Rossbreiten
Literaturjournal
Cyrano Verlag, Holsteinische Straße 3, 10717 Berlin

Schreiben
Frauen, Literatur, Forum
Zeichen + Spuren Frauenliteraturverlag, Mißler-Straße 21, 28211 Bremen

Schreibheft
Rigodon Verlag, Nieberdingstraße 18, 45147 Essen

Sprache im technischen Zeitalter
Verlag Rütten & Loening, Französische Straße 32, 10105 Berlin

Sprachgitter
Zeitschrift für Literatur und Graphik
Franjo Graf, Vorgebirgstraße 9 a, 50677 Köln

Sprachlos
Zeitschrift für Literatur und Kunst
Perzheimer Straße 30, 86150 Augsburg

tendenzen
Zeitschrift für engagierte Kunst
Pahl-Rugenstein Verlag GmbH, Gottesweg 54, 50969 Köln

UniCum
Studentenzeitschrift
UniCum-Verlag GmbH, Rathausplatz 5–7, 44787 Bochum

Utopic Press
Kirchbergstraße 14, 79111 Freiburg im Breisgau

Zeilensprung
Kölner Zeitschrift für Literatur und Kunst
Ennno Stahl, Brüsseler Straße 86, 50672 Köln

Kristiane Allert-Wybranietz

Die erfolgreichste Poetin unserer Zeit

Der Autorin gelingt es in einzigartiger Weise, ihre Leser direkt anzusprechen. Ob mit ihren eigenen Texten oder mit ausgewählten: immer macht sie Mut und gibt Hoffnung auf mehr Verständnis und Menschlichkeit in unserem anonymen Alltag.

ISBN 3-453-02295-5

ISBN 3-453-00020-X

ISBN 3-453-00549-X

ISBN 3-453-03219-5

Wilhelm Heyne Verlag München